문학과지성 시인선 599

음악집

이장욱 시집

이장욱그림

문학과지성사

문학과지성사에서 펴낸 이장욱의 시집

정오의 희망곡(2006)
영원이 아니라서 가능한(2016)

문학과지성 시인선 599
음악집

초판 1쇄 발행 2024년 3월 14일
초판 3쇄 발행 2024년 5월 2일

지은이 이장욱
펴낸이 이광호
주간 이근혜
편집 윤소진 허단 김필균 이주이 방원경 유하은
마케팅 이가은 최지애 허황 남미리 맹정현
제작 강병석
펴낸곳 ㈜문학과지성사
등록번호 제1993-000098호
주소 04034 서울 마포구 잔다리로7길 18(서교동 377-20)
전화 02)338-7224
팩스 02)323-4180(편집) 02)338-7221(영업)
대표메일 moonji@moonji.com
저작권 문의 copyright@moonji.com
홈페이지 www.moonji.com

ⓒ 이장욱, 2024. Printed in Seoul, Korea

ISBN 978-89-320-4262-6 03810

이 책의 판권은 지은이와 ㈜문학과지성사에 있습니다.
양측의 서면 동의 없는 무단 전재 및 복제를 금합니다.

문학과지성 시인선 599

음악집

이장욱

시인의 말

여보세요, 여보세요.

어디예요?

어디요? 어디라고?

난 홍대입구역이라니까요.

9번 출구 앞에 수평선이 보여요.

뜨거운 바람이 불어와요. 마침내

캄캄하고 거대한 파도가 밀려오는데

여보세요?

어디라고요? 어디?

당신, 듣고 있어요?

음악집

차례

1부
이곳은 아름다운 곳이고 선생님이 없어요

더 멀고 외로운 리타

만나러 와주어요.
여기가 북극이라서 여행이라도 하듯이
여기가 적도라서 탐험이라도 하듯이

매일 장례식이 열려요. 국가정책에 대한 토론회가 개최
되었대. 우울증이 있음. 이어폰을 귓속 깊숙이 밀어 넣고

집에 갔다.
집을 나왔다.
집에 갔다.

조금 더 먼 곳에는 북극의 펭귄과
날지 않는 새들
내 귓속에 내리는 겨울비
혈관을 타고 흐르는 음악과
바이러스

하지만 이봐요,
펭귄은 북극이 아니라 남극에 산다고.

바이러스는 혈관이 아니라……

당신의 가까운 생물이 사라졌어요.
당신의 먼 사람이 앓고 있어요.
어제는 외로웠던 누군가가
내일은 지상에 없고

집을 나오지 않았다.
집을 나오지 않았다.
집을 나오지 않았다.

사라진 리타가 시를 읽네. 북극에서
수유리에서
내 귓속에서

여행자가 실종되었다는군. 열대야가 다가오고 있어요.
빙하기가 시작되었다. 코인이 급등했대. 다 집어치워!

만나러 와주어요. 여기가 불가능한 곳이라도

만나러 와주어요. 나의 먼 꿈속으로
북극에 내리는 뜨거운 비
열대우림에 쏟아지는 폭설
이곳에서 새들은 헤엄치고
펭귄은 날아다니죠.

좀 조용히 해줄래?
음악이 안 들려.
내 귓속에서 자꾸 중얼거리는 리타 때문에
저기 저 빗속에 서서 이쪽을 바라보는
더 멀고 외로운 리타 때문에

왼손에 돌멩이

마술을 보여줄까?
골라보렴,
오른쪽 주먹과 왼쪽 주먹 중에서
이 상자와 저 상자 가운데서

오른쪽 주먹을 펼치면 꽃들이 피어오른다.
일생을 화사하게 덮어버리지.
하지만 왼손에는 차가운 돌멩이
외로움조차 사라진 마음

빗소리 수많은 각자의 시간들이 떨어지는
빗소리

나는 검고 커다란 망토를 휙!
펼쳐서 너를 가리네. 너를 덮어버리네.
밤의 망토 속에서 너는 문득 생명을 얻고
점점 더 생생해지고 마침내
생활을

나는 경쾌한 리듬에 맞춰 무대 앞으로
전 세계의 관람객들 앞에서 탭댄스를
데이비드 카퍼필드의 우아한 포즈로 만주 벌판의 역
사를 바꾸고
십 년 전의 빗소리를 바꾸고 마침내
어젯밤의 굳은 결심을 바꾸었네.

아아, 하지만 모든 것은 망토 속에 있었다.
빨간 구두가 혼자 춤을 추는 아홉 살
먼 나라의 수평선을 표류하는 열아홉 살
스물아홉에서 쉰아홉의 변치 않는 사랑까지
오늘은 마법에 가까운
아흔둘

검은 장갑을 낀 손으로 망토를 휙!
걷어내자.
우리의 눈앞에 나타나는 것은 허공
누구든 처음부터 알고 있던 바로 그것
하지만 전혀 예측하지 못한 것처럼 비명을 지르자.

네가 사라졌다!!!

여러분, 이것은 마술이 아니다.
망토 속에는 허공이 아니라
빗소리
수많은 각자의 시간들이 떨어지는 빗소리

그리고 나의 아름다운
왼손에 돌멩이

극적인 삶

막이 내려올 때는 조용한 마음일 거라고 생각했는데
오후의 해변이나
노인의 뒷모습 또는
혼자 깨어난 새벽일 거라고 생각했는데

나는 여전히 말의 눈을 찌르는 소년이었다.
요한의 목을 원하는 살로메였고
숲을 헤매는 빨치산이었다.
세일즈맨이 되어 핀 조명이 떨어지는 무대에서
독백을

여러분, 인생에는 기승전결이 없다.
코가 큰 시라노는 여전히 편지를 쓰고
빨간 모자를 쓴 늑대는 밤마다 문을 두드리고
맥베스는 예언에 따라 죽어가는 것

추억에 잠겨 혁명을 회고하는 자들은 이미
혁명의 적이 된 자들이지.
겨울 다음에는 가을이 오고 가을 다음에는

영구 미제 살인 사건이 시작된다.

우리는 결국 바냐 아저씨처럼 쓸쓸할 거예요.
고도를 기다리며 영원히
벌판을 떠돌겠지요.
자책하는 햄릿과 함께

드라마틱한 삶이란 장장 일곱 시간짜리 카라마조프 씨
네 형제들인데
카라마조프는 검은 피와 더럽혀진 자들이라는 뜻인데
인형의 집에서는 드디어 노라가 뛰쳐나오고
에쿠우스의 주인공은 자신의 눈을 찌르며 외친다.
머리가 열 개인 말들이여, 눈이 백 개인 말들이여, 반
인반마의 신들이여!

붉은 막이 등 뒤로 내려오자
나는 배꼽에 두 손을 모으고 깊이 고개를 숙여
인사를 했다.
관객들의 박수 소리가 우렁차게 울려 퍼졌다.

객석의 어둠 속에서 모자를 깊이 눌러쓴 살인자가

물끄러미

이쪽을 바라보고 있었다.

내 생물 공부의 역사

궁금해. 내 축축한 배를 가르면 뭐가 나올까.

어린 시절에는 개구리 해부를 했는데 그때마다 그런
생각을.

면도칼을 손에 든 채 소년은

양서류와 포유류 사이에서 생각에 잠긴 소년은

교회에 갔다.

하느님은 어디에 속해요?

저는 계문강목과속종의 맨 끄트머리에 매달린 생물입
니다만

희로애락이 많은 단세포동물입니다만

악몽에 시달리는 미물입니다만

혜화동에 전시관이 있잖아. 거기서

인체의신비전을 본 것은 내가 아니라 내 사랑,

새빨간 혈관과 근섬유와 신경세포와 텅 빈 두개골

그 한가운데 뻥 뚫린 두 개의 눈구멍으로

나를 빤히 바라보던 내 사랑,

그대는 오늘도 퇴근을 한다.

동물계 포유강 영장목의 호모사피엔스로서 그대는

버스를 타고 태그를 하고 외로운 밤의 거리를 바라보다가 전화를 하는 그대는

그래, 그래. 그렇다니까. 어젯밤 꿈에 아마존 악어들이 나왔어. 쌍문역 승강장에서 기어다니고 있더라니까. 갈 곳이 없대.

홍대입구에서는 또 내 영혼이 맑다고

영혼이 맑으니까 신을 믿으라는 사람에게 나는 말했네.

이봐요, 나는 창세기가 아니라 요한계시록을 믿는답니다. 사실은

고릴라처럼 손을 내밀어 초콜릿을 요구하죠. 게다가

단세포동물답게 폭력적이야.

나는 내 슬픈 생물학 책을 덮었다.

배가 갈라진 개구리의 자세로 관 속에 누워 있었다.

새빨간 혈관과 근섬유와 신경세포와 두개골 한가운데 뻥 뚫린 두 개의 눈구멍으로

별들이 빛나는 밤하늘을 바라보았다.

 아주 작은 것으로는 거대한 것을 볼 수 없고 아주 거대
한 것으로는 작은 것을 볼 수 없나니…… 아주 작은 시간
으로는 거대한 시간을 느낄 수 없고 아주 거대한 시간으
로는 작은 시간을 느낄 수 없나니……

 시간이 개울처럼 흘러가는 동안에도 나는
 졸졸 흘러서 이윽고 망망대해에 닿는 동안에도 나는
 내 부드러운 배를 갈라 자꾸 내부를 들여다보았다.
 컴컴하고 축축한 그곳을 향해 간절하게
 간절하게 손을 뻗었다. 마치 그곳에
 깊고 무서운 사랑이
 갇혀 있다는 듯이

깊은 어둠 속에서 휴대전화 보기

깊은 어둠 속에는 무언가가 모자란다.
혹등고래 같은 것이
베네수엘라의 외로움 같은 것이

나도 모르게 세포분열을 하거나
결승에서 자책골을 기록하는 것이다.
그것이 침울한 영혼에 가깝다고

삶에 가장 가까운 어둠이란
엑스트라 배우가 카메라 조명을 벗어나 무심히
뒤를 돌아보는 순간
진단을 받고 치료를 포기하고 혼자 깨어나
천장을 바라보는 새벽

어둠이란 지도 위의 한 점이 아니다.
수평선이 아니다.
죽은 뒤도 아니다.
단지 한 사람이 사라진 세계에 가까운

우리는 결국 시제가 없는 편지를 쓰는 것이다.
여행자란 결국 돌아오는 사람인가?
나는 당신의 조금 더 먼 곳에 도착함
이제 돌아가지 못함
과 같은 문체로

베네수엘라에 가보지 못했는데도
새벽의 어둠 속에는 여행자들이 떠돌고 있다.
혹등고래가 배를 보인 채 떠오르는 순간에
외로운 심판은 종료 휘슬을 길게 울리고

나는 어둠을 끄고
더 깊은 어둠 속으로
전속력으로 달리다가 문득 멈추어 서서
천천히 고개를 돌리는
후보 선수처럼

개 이전에 짖음

이 산책로는 와본 적이 없는데 이상해.
다정한 편백나무들 그림자들 박쥐들
가지 않은 길에서 길을 잃어본 적이 있어요?
만나지 않은 사람과 헤어진 적은?

어제는 죽은 사람과 함께 걸어갔는데
마치 죽지 않은 사람처럼 그이가 내 팔짱을 끼었는데
내 팔이
스르르 녹아갔는데

기억하나요? 여기서 우리는 보자기를 바닥에 깔고 앉
아 점심 식사를 했었잖아요. 보자기라니 정말 우스워. 식
빵에 잼을 발라 먹었죠. 오래전에 죽은 강아지 이야기를
하면서 웃음을 터뜨렸는데

대낮이고 사방이 캄캄하고 처음 보는 길이었지. 길을
잃기에 좋은 길이었다. 이미 죽은 것 같은 기분이었다가
왈왈, 짖고 싶은 기분이었다가

아마도 나는 당신의 미래의 오후의 꿈속의
조용한 기억에 담긴
잼 같은 것인가 봐요.
끈적끈적 흘러내리나요.
달콤한가요.

강아지 한 마리가 왈왈,
짖으며 따라왔다.
저것은 개이기 이전에 짖음 같구나.
저기 저이는
만나기 전에 헤어진 사람 같구나.

우리는 편백나무들 사이에서 식사를 마치고
다 녹아버린 팔을 흔들며 안녕,
하고 인사를

당신은 곧 나와는 다른 기억을 가질 거예요. 그건 아름
다운 일
우리는 태어나기 이전에 이미 죽었는지도 몰라서

밤이 오기도 전에 캄캄한
이 숲에서 이렇게

잘 구운 빵에 빨간 잼을 발라 먹어요.
맛이 있어요. 맛이.
아직 혀에 닿지도 않았는데 맛이 있어서
그게 슬퍼서

당신의 얼굴이 다 녹아버렸어요.
나의 생각은 지금 너무 뜨거워.
빨갛고 달콤한 잼이 된 것 같아요.
끈적끈적 흘러내리고 있어요.

친척과 풍력발전기

친척은 어디든 살고 있고 친척은 캠핑을 간다.

다른 이들이 고기를 구워 먹고 물놀이하는 것을 친척
은 바라본다. 마치 밤하늘을 바라보듯이.
나는 친척과 술을 마셔본 적이 있지만 제사는 지내지
않았지. 물놀이는 더더구나

친척은 법원에 근무하고 밤하늘을 바라보며 인생에
대해 이야기하는 것을 좋아한다.
곧 청춘이 갈 것이고 사랑은 떠날 것이고 죽음이 올 것
이며 그 이후에도 세상의 풍력발전기들은 빙빙빙 돌아가
는 것이라고

나는 밤하늘을 바라보며 친척의 이야기를 듣는 것을
좋아한다.
계곡의 물살은 거세고 법정에서는 누구나 목소리를
높이고 별빛 내리는 밤의 숲속에서 무언가가
이쪽을 바라보는 밤

친척은 집중하는 사람으로서 연인의 전화를 받는다.

연인은 울음을 터뜨리며 전화 저편에서 말을 했는데
사랑해. 사랑해. 사랑이 어떻게 변하니.

그 말이 진부해서 웃음을 터뜨린다면 당신은 나쁜 사
람. 풍력발전기는 육중하고 친척은 공무원이고 격한 감
정에 휩쓸린다. 친척이 울음을 터뜨리자

밤하늘은 안식일처럼 깊어가고

어쩔 수 없는 것들이 세상에 있어서 친척은 감사한다.
그러므로 친척은 공문서를 보듯이 밤하늘과 대화하는 것

문서 속의 외로움을 이해하는 것

나는 친척과 계곡과 밤하늘의 근처에서 빙빙빙

육중하게 빙빙빙

풍력발전기처럼 돌아간다.

풍력발전기는 거대하고 한 대에 40억 원이고 충동적
으로 움직이지 않는다.

그것은 전기를 생산하는 기구인데 영영 이곳을 떠나

지 못하고 저렇게

친척은 캄캄한 숲에서 무언가가 움직였다고 말한다.
친척은 랜턴을 켜들고 숲을 향해 비춘다.
나는 밤하늘을 바라보고 친척은 집중하는 사람이고
먼 곳의 음악은 천천히 불어온다. 마치 오래전에
종말을 지나온 영혼과 같이

변절자의 밤

새벽에 새로운 마음으로 깨어났는데
그것이 밤이었어요.
그것도 아주 옛날 밤

옛날 밤 짧다.
너무 짧아서 잠들 수 없다.
마치 마치…… 하면서 조금씩 다가오는 이야기
설마 설마…… 하면서 점점 무서워지는 이야기
노인들만이 알고 있는 어둠 속으로

스며드는 것이 있더군요.
마침내 당신을 잊고 당신의 먼 곳에서 깨어났는데
다시 옛날 밤
밀레니엄이 추억이고 4·19가 전생이고 꿈같은 해방을
거쳐 식민지의 새벽 두 시까지

나는 잤다.
옛날 밤에 잤다.
자신이 죽어가는 모습을 바라보는 사람처럼

술을 마시고 술이 깨고 술을 마시고 술이 깨고
관 뚜껑을 열고 일어나 아침을

나는 새로운 마음으로 백조와 창조와 폐허를 창간했다.
카프와 신간회에 가입하고
독립운동을 했다.
이봐요, 경성에서는 무서운 살인 사건이……

당신과 함께 적진에 침투했는데
내가 변절자였어.
나는 왜 자꾸 적의 마음을 이해하는가.
나는 왜 나도 모르게 지혜로워지는가.

옛날 밤 짧다.
너무 짧아서 잠들 수 없다.
나는 어둠 속에서 천천히 칼을 빼어 들었다.
이제 그만 그만…… 하면서 다가오는 결정의 시간에
모든 것이 바로
지금인 이야기

새벽 네 시에 깨어났는데 드디어
새로운 마음이었어요.
그것은 당신에게 한 번도 얘기해보지 못한
무서운 감정

무지의 학교

김은 나를 잘 모르는데 내가 이러저러한 운명의 사람
이라고 말했다. 나는 김이 이상한 사람이라고 생각했고
술을 마셨다.

김은 예언자의 피를 지녔지만 게임을 좋아했고 예언
자가 뭘 하는 인간인지에 대해서는 전혀 관심이

집으로 돌아가면서 나는
그런데 네 말이 맞아 이를 어쩌지 이를 어째
라고 중얼거렸고 기묘한 실망과 쾌감에 휩싸인 채 김
에게
사랑을 느꼈다.

생각해보면 에펠탑에서도 광화문에서도 몽골의 사막
에서도 나는 그런 기분에 잠겨 있었지.
당신이 한 말이 거의 우주에 가깝다는
우주가 당신의 말로 이루어져 있다는

모든 것을 예언할 수 있다면 거기가 바로 지옥이다

라고 김은 말했는데
지옥은 의외로 안락한 곳이라고
악마가 없다고

그럼 아무것도 알 수 없는 곳은 천국인가?
라고 나는 물었지만 그렇게 묻는 순간
바로 이곳이 천국이라는 것을 깨달았다.
아아, 천국에는 천사도 없고 베아트리체도 없고
교실과
운동장만이……

사랑을 하는 박은 로마에서 관광을 하다가 뉴욕에서
공부를 하다가 치앙마이에서 수영을 하다가 나에게 국제
전화를 걸어 왔는데
어쩐지 네가 했던 말이 생각난다고
처음에는 심드렁했는데 그 말이 점점 커져서
거의 우주에 가깝게 느껴진다고

그럴 때마다 나는 이렇게 대답하는 사람이다.

이봐요, 나는 천국에서 살아가요. 천사와 악마가 구분
되지 않는
구분할 필요가 없는
거의 지옥에 가까운

이곳은 아름다운 곳이고
선생님이 없어요.

적응하는 사람

적응하는 사람은 조금씩 자신이 아니라서
좀 안 맞는 옷이나 신발을 착용한 채로도 어느덧 잘 걸
어 다니고
외로움이라든가
암세포
에도 적응을 해서 어느덧
저녁의 공원에

공원은 공원이니까
빈 공간이 있고
빈 공간에는 텅 빈 시간도 있고
몇 년 전 당신이 한 말도 있지만 그래도

공원은 있다.
빌딩들 사이에 있다.
빌딩 안에서는 수많은 직원들이 움직이고
밤의 장례식에 가야 할 사람도
직원이다.

신기해라, 세상에는 언제나 오늘 죽은 사람이 있는데
그이가 죽은 세상에서도 직원은 역시
직원인데
직원은 직원의 일을 계속하기 때문에
그이의 없음에 익숙해진다.
그이도 자신의 없음이 익숙해지자 가만히
눈을 뜬다.

오늘이란 공전하는 별들의
조용한 배열 같은 것
수금지화목토천해…… 같은 것
별 하나가 지워져 있어서 조금씩 이상하다가
조금씩 익숙해지다가
잊었다.

하지만 자정의 외로운 배회라든가
외진 골목에서 누가 나를 부르는 소리
뒤를 돌아보았는데 아무도 없는 골목 끝에서 불현듯
내가 내 손목을 긋는 모습

에도 적응이 되는가?

나는 지금 횡단보도에 나란히 선 부적응자들을 바라
본다.
먼 신호를 기다리는 그이들을 다정하게 불러본다.
부적응자들이여,
부적응자들이여,
적응을 하고 난 뒤에는 옷이 사라지고 신발이 사라지
고 또
사랑하는 이가 사라지리라.

나는 처음 와보는 공원에 앉아 있다. 마침
뒤뚱거리며 걸음을 연습하는 저 아기는
무엇에 적응하고 있는가?
중력에? 허공에? 지구의 회전에?
아기가 불현듯 내 쪽으로 몸을 돌려
갸우뚱하게 고개를 기울인다.

공원에는 아기 아빠도 아기 엄마도 보이지 않는데

나는 내가 사라진 뒤의 세상에
적응하는 사람인데
직원이 슬픈 표정으로
빌딩을 나오고 있다.

월요일의 귀

월요일에는 누구를 보고 싶다고 말했는데
금요일에는 누가 죽었다.
그것이 같은 사람이었다.

화요일에는 이상한 단어들과 조금씩 친해졌지.
텅스텐 투발루 부재시문앞 그리고
생활 세계의 식민화

수요일의 우울이 전화를 걸어와서
목요일의 우울이 두렵다고 말했다.
암세포와 총선 패배와 형이상학의 세계에서

오늘은 그레고리오성가와 응급 사이렌이 구분되지 않
는군요.
잠든 것과 깨어 있는 것이 동일해.
당신은 영영 떠난 뒤에
식사 시간마다 돌아왔는데

오후만 있는 일요일.

오늘은 노래가 좋아서요. 저는 텅스텐처럼 아무것도
체념한 적이 없는데요. 기사님, 기사님, 택배 기사님,
　부재 시에는 그것을 문 앞에

　생활 세계의 토요일에는 눈이 내리네.
　금요일에는 조금씩 잊혀지고
　목요일에는 우리 집이 어딘지 모르겠어.

　나는 바다 위에 내리는 눈송이들을 바라보았다. 수요
일의 우울이 그것을
　투발루라고 불렀다. 나는 먼 곳에 도착했다고 믿었는
데 사실은
　다른 음악이었지.

　오늘은 이상한 단어들과 친해졌어요. 침잠 미슬토 요
추천자 그리고
　신유물론

　화요일 아침에 깨어났는데

지상에서 사라진 사람이 무어라 말을 했다.
월요일의 귀가 그것을 간절하게
간절하게 듣고 있었다.

히치콕의 밀도

창밖에 히치콕의 밀도가 높았다.
이면 도로에는 폴 토머스 앤더슨의 밀도가 높았고
골목을 지날 때는
홍상수의 밀도가

새벽마다 불안이 영혼을 잠식해요.
라이너 베르너 파스빈더는 중독자의 이름인데
　그이는 중독자에 대한 영화를 만들고는 결국 중독자
로서 죽음을

당신이 범인인가.
범인은 늘 범죄를 저지른 자리로 돌아오지. 가만히
생각해보아요. 당신은 쫓는 자인가
쫓기는 자인가.
추리하는 자인가
추리되는 자인가.

에드워드 양, 에드워드 양,
저도 양 씨인데요.

제게는 식물의 귀가 있어요. 식물인간이 되어서
문병 온 사람들의 고백을 듣는 게 장래 희망이죠.
저는 관람당하면서 동시에
관람하는 거예요.
그들은 무엇이든 털어놓는답니다.

　휴대전화를 켜두고 이제 막 라이브를 시작하는 사람
이 있고
　그걸 시청하는 수천수만의 사람들이 있고

　숀 베이커의 인물이 '창녀'라는 욕을 남발할 때 좋았다.
　그 인물 자신이 '창녀'였기 때문에

　피살자는 말이 없어요.
　그래서 나는 너에게만 나타난다.
　늦은 밤 혼자 있는 방에서 천천히
　천천히
　뒤를 돌아보렴.
　거기 기이한 이목구비가 떠 있을거야.

말하자면 나의 얼굴이.

오즈 야스지로처럼 늙고 싶지만
인생을 이해하고 싶지는 않았다.
카메라를 낮은 곳에 두면 돼.
다다미에 두고 계단 아래 두고
지하실에
무의식
밑바닥에

결국 호스피스 병동의 밤에 깨어나는 것이죠.
필립 시모어 호프먼이 침대로 다가와 인생을 고백할
거예요.
다른 삶을 연기하느라
고백할 것이 아무것도 없는 인생을.
그를 따라갈까요.
사랑을 할까요.

첨밀밀만 보면서 인생을 보내고 싶어.

죽을 때는 내 곁에 그대가 없겠지만 등려군의 노래는
흐르리. 뉴욕의 전파사 앞에서
　　우리는 만나자.

　　근데 나이 좀 먹었다고 반말하지 말아요.
　　다리오 아르젠토라면 아무렇게나 찍어도
　　네 목을 날려버릴 거야.
　　가짜 같은 피가
　　정말로 솟구치겠지.

　　나는 골목을 걸어갔을 뿐인데
　　어디서 카메라가
　　나를 비추고 있었다.
　　이창이었다.

신경정신과에서 살아남기

날씨는 화창하고 신경정신과에는 고객이 많았는데 나
는 결국 나의 잘못인 것 같았다.

창밖은 저렇게 환한데 나는 여기 앉아 잡지나 읽어도
되나. 구름이나 멀거니 바라봐도 되나. 저 무책임한 알라
딘 램프를

나는 나를 죄수의 위치에 놓는 버릇이 있답니다.
모든 죄수는 스스로를 구름으로 만들죠.
낙타가 되었다가 폭풍이 되었다가 패잔병이 되어 쓸
쓸하게

내 탓이오 내 탓이오 내 큰 탓이로소이다.
를 외칠수록 나의 죄는
점점 더 깊어집니다만
이곳에서 나가고 싶습니다만

모든 것을 역사적으로 바라보도록 하자.
나의 불면과 나의 환각과 나의 약물 치료조차 유신 시

대를 기준으로
　식민 지배의 산물로서
　대한제국을 거쳐 드디어
　위화도회군까지

　저기 저 낙타는 어떻게 역사적인가. 비행접시는 어디
서 날아오는가. 알라딘 램프에서는 또 무엇이 튀어나오
나. 나는 무슨 소원을
　어떻게 빌어야 하나.

　저는 매일 기도를 합니다만
　사랑과 증오의 끝에는 늘 선생님이 있잖아요.
　언제나 고객이 많은 선생님,
　달나라에서 오신 선생님,
　방아 찧는 선생님,
　귀여워서 뼈를 토막 내고 싶은

　낙타가 낙타를 구원할 수 없고
　사자가 사자를 용서할 수 없고

창밖의 구름은 알레그로, 피아노를 치고 군대가 되어
폭풍이 되어 패잔병들을 쓸어버리는데

이봐, 거기서 바라보니까 좋아? 책상 너머에서
관람석에서
이 시 바깥에서?

곧 램프의 정령이 튀어나와 우아한 미소를 지을 것이다.
램프의 정령은 마법사였다가
회계사였다가
압록강에 홀로 남은 고려의 병사였다가

나는 스툴에 앉은 채 정면을 노려보았다. 나는 고백을
하지도 않았고 자리를 박차고 일어서지도 않았다.
유리창이 박살 나고 수류탄이 터지고 드디어 사자와
외계인과 독립군이 난입하고
당신과 나의 피가
사방으로 튈 때까지

2부
양을 세다가 양을 세다가 이상한 노래를

기도의 탄생

거리를 걷는데 이 거리가
중세의 거리였다.
밤에는 아무도 찾아오지 않았는데 왜냐하면
내 집에 적그리스도가 있다는 소문이 있어서

집과 바깥을 왕복하며 나는 살아왔을 뿐인데
잠들고 일을 하고 아이를 낳고 또
살인을 저지르면서

외로울 때는 자꾸 누군가 생각이 났다.
당신인가요. 당신인데 왜 이름이 떠오르지 않아요. 뭐
라고 불러야 당신에게
기도를 할 수 있어요.

꿈을 꾸었는데 그것으로
천지를 창조하면 좋을 것이다.
잠든 채 무어라 말했는데 그것으로
선악의 경계가 결정되면 좋을 것이다.
비명을 지르며 허공에 손을 휘저었으므로 마침내

세상의 종말이 온다면

거울 속에 검은 형체가 서 있었다.
저것은 아무래도 악마인 것이 틀림없다고 생각했는데
이미 죽은 사람이 내 옆에 서서 말했다.
거울은 단지
비출 뿐이라고

나는 몸이 아팠다.
옛날 노래를 들었다.
친구들이 보고 싶었다.
창밖에서 누가 회개하라고 외쳤다. 영생을
얻으라고

나는 일을 하고 월급을 받고 휴가도 가야 하는데
갑자기 등에 검은 날개가 돋고 머리에 뿔이 나고 어느
날 내 영혼에
증오라니
지옥이라니

꿈속에서 두 손을 모아 당신의 이름을 불렀다.
아무래도 외롭지 않았다.
그것이 이상해서
이것은 저주입니까
구원입니까
하고 질문을 했다.

깨진 거울 속에서 죽은 사람이 중얼거리기를
너의 말에는 참도 거짓도 없다.
마침내
무서운 기도가 시작되었을 뿐

슈게이징 포에트리

신발 끝을 바라볼 때는 오후의 약속을 잡지 않는다.
신발 끝에서 침울하다고 생각하지 않는다.
신발 끝과 세계사가
동일하다.

외출할 때마다 신발 사이즈가 바뀌어요.
발자국의 모양이 달라지네.
핏방울이 묻었다.
검은 구두에서 스니커스로
메리 제인을 거쳐
하이힐까지

아주 좋구나.
타닥타닥
저벅저벅
아주 좋구나.

나는 공과금을 성실하게 납부하고 위장 전입을 하지
않고 부동산 투기를 하지 않고

자살도 하지 않았는데

꿈속의 발은 무엇을 신었나.
신었나?
저벅저벅
타닥타닥
나의 발은 어디로 달려가나.
달려가나?
아, 갑자기 멈추었다.

신발을 벗으면 우울이 사라져요.
신발을 벗으면 세계사가 달라져요.
해탈도 부활도 혁명도 저는
신발 끝에서 시작되었다고 생각합니다만

실은 모든 것을 거기서 잃어버렸다.
나의 무방비한 가족들을
아름다운 인간관계를
그리운 문장을

아주 좋구나.
타닥타닥
저벅저벅
아주 좋구나.

그런데 이건 누구의 발자국인가?
내 발은 어디에?
발자국에 고이는
이 피는 누구의

인과관계가 명확한 것만을 적습니다

자전거를 타고 가다가 영원을 잃어버렸다.
자꾸 잃어버려서 믿음이 남아 있지 않았다.
원래 그것이 없었다는
단순한 사실을 떠올렸다.

나는 이제 달리지 않고 누워 있다.
목적지가 사라진 풀밭에 자전거를 버려두었다.
바퀴의 은빛 살들이 빛나는 강변을 바라보며
이제 불가능해지는 일만이 남아 있다고 생각하였다.

풀밭에는 아주 작은 음악들의 우주가 펼쳐져 있고
그것을 아는 것은 쉽다.
진실로 그것을 느끼는 것은 모로 누운 사람들뿐이지만
누구의 왕도 누구의 하인도 아니어서
외롭고 강한 사람들뿐이지만

은륜이 떠도는 풍경을 바라보면 알 수 있는 것
  햇빛에도 인과관계가 있고 물의 일렁임에도 인과관계
가 있고

달려가다가 멈추어 서서 문득 잔인한 표정을 짓는 일
에도
원인과 결과가 있겠지만

오늘은 기도를 하지 않아서 좋았다.
매일 명확한 것들만을 생각하였다.
나의 풀밭에서 부활하려고 했다.
거대한 존재가 내 곁에 모로 누워 있기라도 한 듯이
사랑을 하려고

석양이 내리자
아무래도 나를 바라보는 이가 보이지 않아서
텅 빈 주위를 둘러보았다.

내가 저질렀는데도 알지 못한 실수들

오늘은 종일 방에서 지냈는데도
실수를 저질렀네.
나는 혼자였고 어디다 전화를 걸지도 않았고 에스엔
에스도 안 하는데 그러고도
실수를

인생은 이불 속에서…… 소문 속에서…… 시위도 못
하고…… 흘러가는데 매일
실수를
실수에 대해 생각을

가령 내가 당신에게 인사를 안 했다. 소주를 퍼마시고
무례한 말을 했다. 남의 남이 퍼뜨린 소문을 믿고 너만
알고 있어, 이건 확실한 얘긴데 말야……라고 말을 꺼
냈다.

사실 나는 인사를 잘하는 사람이고
술은 입에도 못 대고
입에서 입으로 건너다니는 이야기는 다

아니 땐 굴뚝의 연기라고 생각하는 사람인데
그런 사람인데

제가 무슨 실수를 한 거죠?
제가 왜 경찰서에 있죠?
내 존재 자체가 실수라는 뜻이야?

내일은 출근을 못 하겠다고 전화를 했다.
석양에 물든 하늘을 바라보았다.
나뭇잎이 떨어지다가 정지한 허공을 바라보았다.
거기서 깊은 위로를 받았는데 왜냐하면
만물이 나와 같은 실수를 하는 것 같아서

나는 전화를 걸어서 당신에게 말했다.
아무래도 제가 실수를 저지른 것 같군요.
저는 하루 종일 혼자였고
침묵을 했고
심지어 당신이
누군지도 모르는데

편지가 왔어요!

우체국장님, 편지가 왔어요.

당신에게 온 편지예요. 환풍기와 침울한 날씨와 오늘
의 업무로부터 당신에게

각종 고지서에는 언제나 이곳을 벗겨내시오,

라고 적혀 있죠. 부고는 반드시

도착하고요. 기관에서 법원에서 전쟁터에서 그리고

더 멀고 외로운 곳에서

편지가 왔어요. 전보가 왔어요. 청첩장이 오고 계고장
이 오고 내용증명이 도착했어요. 옛 친구와 주차 위반과
티라노사우루스의 세계에서

당신에게

편지를 열어 보기도 전에 당신은

인생을 회상하는군요. 아아, 나는 참으로 오래 살았다.
수많은 사랑의 문장을 배달했으며 국가의 세금을 고지했
으며 수신자가 사라진 전보를 반송하였다. 그러니 이제는

내게 도착한 편지를 개봉할 때

하지만 우체국장님, 당신은 늙은 채로 태어났잖아요.
이젠 지쳤다고 생각하며 청춘을 맞이하고 슬픈 표정으로
첫 울음을 터뜨리고 마침내
　잉태되었잖아요.

　당신은 우체국을 살아가는 사람이에요. 당신은 영원히
전달하는 사람이에요. 산을 넘고 물을 건너서
　전봇대와 반도체와 어지러운 네트워크의 세계를 건너서
　단 하나의 문장을 전달하는

　우체국장님, 오늘도 놀라운 소식이 있었잖아요. 무서운
사건이 있었잖아요. 당신조차 도망치고 싶잖아요. 당신은
어머니를 낳고 어머니는 할아버지를 낳고 할아버지는
　당신의 손자가 되었잖아요.

　당신은 우리의 연인이고 독재자이고 무적의 군대이며
거의
　우리의 창조주

마침내 당신은

우리의 가장 나중에 그리운 사람

우체국장님, 편지가 왔어요.

울음을 터뜨리는 가족들 친구들 연인들로부터 당신께

우리는 우리의 영원한 사랑을 당신께

당신께 전할 뿐이랍니다.

전 세계적인 음악의 단결

모든 책이 커튼이고
모든 커튼이 컴퓨터라면
책은 나부끼다가
나부끼다가
쓸쓸한 계산을 하겠지.

　파리 교외의 아파트에서는 앙투안이 눈을 감고 펑크
록에 빠져 있었는데 그 순간
　상하이의 장첸은 바에 앉아 블루스에 몸을 맡겼다가
문득
　눈물을 흘리고

　서울의 명희는 침대를 타고 날아다녔다.
　아아, 구름의 비유는 너무 쉬워서
　어떤 리듬이든 만들 수 있지, 가령
　모든 책이 커튼이고 모든 커튼이 컴퓨터라면
　책은 나부끼다가
　나부끼다가

명희는 주사파를 싫어하지만
꿈속의 평양 뒷골목을 혼자 돌아다녔네.
앙투안은 혁명가가 아니지만
전 세계의 음악이 한꺼번에 봉기하는 느낌이었어.
장첸은 동물들의 구슬픈 노래를 처음 들으며
정확하게 따라 불렀다.

서울에는 외국인이 많고 한국인도 많아요.
앙투안과 장첸과 명희는 동시에
북촌의 게스트 하우스에 도착하였다.
같은 시간에 잠이 들고 같은 꿈을 꾸고 드디어
같은 음악을 들으며 깨어났다.
모든 책은 아무도 모르게
나부끼고

그 순간 이어폰을 귀에 꽂은 채
평양의 뒷골목을 혼자 걸어가던 이가 있었는데
그이의 이름이 우연히 명희였는데
평양의 명희는 자신도 모르게

모든 책이 커튼이고
모든 커튼이 컴퓨터라면⋯⋯
이라고 중얼거렸다.

장미에게는 왜가 없다

이것은 안겔루스 질레지우스라는 사람의 말인데
장미에게는 왜가 없다.

안겔루스 질레지우스는 지금 우리 동네 치킨집 앞에
서 담배를 피우고 있는데 그가 피우는 담배의 이름이 장
미인데 장미는 이제 어디서도
팔지 않는다.

안겔루스 질레지우스는 장미를 피우다가 왜를 생각하
고 웃음을 지었는데
왜는 안겔루스 질레지우스의 오랜 친구로 자신을 왜
자꾸 왜라고 부르느냐고 항의하다가 매번 웃음을 터뜨렸
는데
실은 그것으로 두 사람의 일생이 다
지나갔다.

더 이상 만나지 못한 뒤에도 서로를 생각하면 왜를 왜
라고 부르는 안겔루스 질레지우스의 농담만이 떠올라서
참 이상하구나, 하지만 참으로 아름다운 농담이 아닌

가……

라고 동시에 중얼거렸다.

왜는 안겔루스 질레지우스가 좋을 때도 있었고 싫을 때
도 있었지만 전혀 생각나지 않다가도 불현듯 그리워져서

조용히 불러보는 것이었다.

안겔루스……

질레지우스……

안겔루스 질레지우스는 천국에서도 지옥에서도 담배
를 피우겠지. 하지만 그 담배는 장미가 아니리라. 장미는
이제 어디서도

팔지 않기 때문에

지금 치킨집 앞에 앉아 있는 안겔루스 질레지우스는
담배 연기를 뿜어 복잡하고 화려한 장미 문양을 만들었
다가

그것이 서서히 사라지는 모습을 바라보았다. 예전에도
그랬고 지금도 그렇지만

장미에게는 왜가 없다. 왜는 숨을 거두기 직전에 안겔루스 질레지우스의 얼굴을 떠올리려 애썼지만

그이가 친구인 것도 같다가 그냥 아는 사람인 것도 같다가 또 연인인 것도 같아서

안겔루스 질레지우스는 장미를 비벼 *끄고* 치킨집 의자에서 일어났다. 그 순간 저기 멀리서 다가오는 왜와 비슷한 사람이 있어서

저것이 그리운 왜인지 아닌지 알아내기 위해

눈을 가늘게 떴다.

적

진정한 적은 내 안에 있다……
라고는 말하지 말아요.
왜냐하면 그건 신비로울 뿐만 아니라
바보 같은 말이기 때문에

한때는 바보처럼 좋아하던 친구가 있었는데 지금은
사람이 아니다. 그 새끼는
인간도 아니야!

적과 동지를 나누는 것만이 정치적인 것이다……
라고 선언한 파시스트가 있었지.
그이는 진정한 사상가였어.

오늘도 나는 어쩔 수 없이 그림자를 생산하고
어제와 추억을 생산하고 또 사악한
적을

나는 당신에게서 벗어날 수 없습니다.
뒤통수처럼 나를 따라오는 분이시여, 새벽의 악몽이시

여, 나의 아름다운
　피조물이시여,

　당신이 내게 삶의 의미를 준다.
　의욕을 준다.
　격렬하게 나를
　재구성한다.
　당신이 그러하다는 것에 대해 당신은 아무런 책임이
없으며
　묵비권을 행사할 수 있습니다.

　창밖의 하늘을 보아요. 불안정한 대기와 함께 다가오는
　황혼 속에서 태어나는
　저 무서운 크리처들을.
　눈앞의 적을 향해 우리가 미친 듯이 칼을 휘두를 때

　너희가 지금 보는 것을 보는 눈은 행복하다……
　라고 야훼는 말씀하셨지.
　우리가 심연을 들여다보면 심연도

우리를 바라보나니

친구여, 우리는 피를 흘리며
헤어집시다. 서로의 먼 곳에서
안부를 묻기로 해요. 언젠가는 간결한
부고를 전해주어요.
너와 나를 구분할 수 없는 심연에서
우리 다시 만날 때까지

일말의 진실

일말의 진실이 자라나서 나무가 되고
숲이 되잖아.
당신은 그 숲 그늘에 앉아 있죠.
그늘 속의 그림자가 되어
그림자 속의 희미한 빛이 되어
왜냐하면 생각이란
그런 것이다.

뼈가 부러진 식물 같은 것
베인 상처에 떨어지는 빗방울 같은 것
톡 톡 떨어지다가
쾅 쾅 추락하는 것
그래서 저 아래
뭐가 돋아나나요?

일말의 진실은 늘 숲 그늘에서 태어났다.
오늘은 누가 누구를 그리워하고
누가 누구를 미워하고
누가 세상을 떠났대요.

머리 위의 구름은 또
난생처음 보는 모양으로

오늘은 이상한 날이야.
갑자기 모든 것을 이해하게 되었어요.
길고양이의 표정을
처음 듣는 외국어를
어제 그토록 잔인한 말을 한
당신의 영혼을

사실 나는 식물의 이름을 잘 모른다.
나무도 자기 이름을 모를 텐데
그래도 정확하게
허공으로 뻗어가네.

모든 것이 다 지나간 뒤에 나는
여전히 희미한 숲 그늘에 앉아
뼈가 부러진 채로 그것을
그것을 생각하고 있다.

닮은 사람들

브루노 간츠는 안소니 홉킨스를 닮았는데 두 사람은 만난 적이 없었다.

이시바시 시즈카는 내가 아는 김효진을 닮았지만 김효진은 연극을 하기 위해 먼 나라로

외국에 가면 나는 시부야의 술집에도 가고 울란바토르의 뒷골목에도 가고 페테르부르크의 헌책방에도 갔는데

그런 곳에 가면 꼭 아는 사람들을 만났지. 얼굴과 미소와 꿈속이 비슷한 사람들을

옛 친구 강수영을 길에서 마주쳤는데 수영은 나를 알은체도 하지 않았다.

나의 동료 신주연을 우연히 텔레비전에서 보았는데 그이는 주연답게 그리운 미소를

나의 조카는 나의 아들을 닮았고 나는 아들이 없었다.

나는 출근을 하고 퇴근을 하고 혼자 술을 마시고 갑자기 나 자신이 싫어졌을 뿐인데

신앙심이 깊은 사람들은 결국 비슷한 표정을 짓게 되는 거라고 생각하였다. 매일 기도를 하면서 닮아가는 것이라고

나는 종교도 없고 안소니 홉킨스를 만난 적도 없고 도쿄의 밤하늘은 항상 가장 짙은 블루였지만 이곳은 서울이어서

나의 삶을 살아갔다. 길에서 이장욱을 본 적이 없다는 게 유일한 위안이었는데

나의 가족은 오늘도 나를 닮은 누군가를 맞이하고 친구들은 나를 닮은 사람을 만나 반갑게 농담을

그 사람은 오늘 밤에도 혼자 술을 마시며 닮은 사람들에 대해 생각했고 깊은 슬픔에 젖어들었다.

양의 밤

양을 찾자.
양을
아흔아홉 마리의 양이 아니라 한 마리의
양을

여보,
그 한 마리가 더 귀해서가 아니다.
그것이 길을 잃었기 때문에
먼 곳을 헤매고 있기 때문에

양 한 마리는 양 한 마리가 아니라 어느새
유일한 양
거대한 양
마침내
모든 양

길을 찾았는데도
길이 이토록 환히 밝혀져 있는데도
자기 자신이 이미 길이었는데도

돌아오지 않는
양

양을 찾자.
길 없는 양을
양이 아닌 양을
포식자가 된 양을

하지만 여보, 길을 잃은 것은 양이 아니라
나
메에에
하고 우는 한 마리의 양이 내 삶의 빛이었으므로
신앙이자
생활이었으므로

양의 밤은 온다.
메에에……가 아니라 이상한 소리로 우는
과아아……라든가
요우우……

라고 우는

여보, 한 마리의 양이 되어본 적이 있어?
아흔아홉 마리의 불안이 되어본 적이?
양을 세다가 양을 세다가 양을 세다가……
이상한 노래를 부른 적이?
나는 끝나지 않는 돌림노래를
후렴을
양의 목소리로

여보, 오늘은 저기 저 언덕을 넘어 고향으로 돌아가자.
러시아워의 횡단보도를 건너 집으로 돌아가자.
메에에……가 아니라 과아아……
요우우……
라고 우는 양이 되어서
양치기 개도 사라진
이 무서운 밤에

뇌의 혈류량

혈관 속에는 아무런 감정이 없어요.
오늘은 그런 것이 좋다.

뇌의 혈류량에는 생각이
우울이
이데올로기가 없습니다.
오늘은 그런 것이 좋다.

세상에는 청경채 마니아가 있고
출근길 지하철에 서서 반야심경을 외는 사람이 있고
밤새 게임을 하다가 채팅 창에
사실 저는 공산주의자입니다만……
이라고 적는 사람이 있는데

저는 방금 태어난 느낌예요.
매일 새로운 사상을 창안하죠.
로드킬을 당한 비둘기는 한 달째
그 자리에 인화되어 있습니다만

피의 이동이 멈추는 순간에는 누구나
혼자가 되는 것이다. 스르르
시간이 사라지는 것이다.
메스와 마취제의 향기 속에서 깜빡깜빡
비둘기의 꿈을 꾸는

오늘은 죽은 새들이 날아다니는 하늘빛예요.
드디어 아무런 감정이 없는 청경채입니다.
정의사회구현 좌익사범척결
이라고 적힌 현수막은 여전히 나부끼는데

신선한 뇌가 필요해.
롤플레잉 게임을 하면 혈류량이 늘어난대요.
던전을 휘감고 있는 불길한 어둠 너머에
정의가 있을까요?

마트에 갔는데 청경채는 솔드 아웃이었다.
사흘째 PC방에서 살다가 갑자기 어지러움을 느꼈다.
월요일에는 저도 출근을 합니다만

마하반야 바라밀다를 외며
횡단보도를 건넙니다만
그 순간

브레이크가 고장 난 트럭은 달려오고
아스팔트에 인화된 비둘기는 날갯짓을 시작하고
저는 미친 듯이 생각, 생각, 생각,
생각을 합니다만

폭풍의 언덕

폭풍의 언덕은 히스클리프처럼 떠나는 곳이다.

떠난 뒤에 히스클리프가 무엇을 어떻게 해서 돈을 모
으고
복수심을 간직했는지는 아무도 모르지만

히스클리프는 결국 돌아온다는 것
돌아오는 것이 결국 히스클리프라는 것
그것이 우리의 세계라는 것

폭풍의 언덕에서 일생을 보낸 사람으로서 나는
히스클리프를 기다리고 기다리며 일생을 보낸 사람으
로서 나는
끝내 비밀을 간직할 것이다.

히스클리프가 이미 이곳에 돌아와 있다는 것을
이미 오래전부터 우리 곁에 살아가고 있다는 것을
그것이 영원하리라는 것을

"그런데 그건 지킬 만한 가치가 있는 비밀이에요?"
라고 현명한 하녀 넬리는 말하지만

이봐, 넬리.
비밀이란 그런 것이 아닌가?
이곳이 폭풍의 언덕이라는 것을 오로지
나만이 알고 있다면

내 영혼이 이미
폭풍이 지나간 뒤의
폐허에 가깝다면

몽두

우리는 몽두에 가본 적이 없지만
언제나 몽두에 있었잖아.

몽두에서는 모든 것이 조금씩 태어나네.
옛날 영화관
텅 빈 거리
밤의 청소차 그리고
모든 것이 모든 것을
조금씩 잃어가는 시간들이

몽두의 거리를
늙은 사람과 젊은 사람이 걸어갔어요.
늙은 사람은 평생 책을 읽어서 드디어 책에 흥미를 잃
었다고 말했는데
그게 장래 희망이라고 젊은 사람은 웃으며 말했는데
그것이 마지막이었다.
마지막이었지.

몽두에서 오늘은

내일이 영영 오지 않는 아침
몽두에서 내일은
어제의 문장이 사라지는 밤

오후의 햇빛이 오후를 잃어가고
당신의 얼굴이 당신을 잃어가고
십 년 전에는 누구 때문에 괴로웠는데
그게 누구였더라?
이십 년 전에는 굳은 맹세를 했는데
그건 무엇에 대한?

몽두에는 죽은 사람만이 쓸 수 있는 책이 있어요.
갓 태어난 사람만 읽을 수 있는 문장이 있죠.
그러니까 이 구절은
대체 무슨 뜻이야?

몽두의 새벽에 혼자 깨어난 사람은
마지막으로 소설을 읽네.
아무것도 아닌 것이 모든 것으로 변해가는 이야기를

모든 것이 아무것도 아니라서
조용한 이야기를

주인공은 옛날 영화관을 나와 거리를 걸어갔다.
밤의 청소차가 지나갔다.
텅 빈 길 끝에서 고개를 돌려 마침내
당신을 바라보는 순간

젊은 사람은 늙은 사람이 되어 불현듯
이곳이 몽두라는 것을 깨달았다.
한 사람을 깊이 생각했는데 어째서
그이의 얼굴이 떠오르지 않았다.

3부
누구의 왕도 누구의 하인도 아닌

지혜와 거리 두기

지혜는 지혜를 삼인칭으로 부르고
지혜는 지혜를 다른 사람이라고 생각하고
지혜는 지혜를 자신의 친구라고 소개했는데
그것이 지혜의 특기
취미
질환
전쟁이죠.

나는 삼인칭의 지혜에게 인사하고
지혜가 아닌 지혜와 친해지고 드디어
지혜가 친구라고 부르는
지혜와 절친이 되었네.

아 그러니까 지혜는 어째서
지혜와는 늘 엇비슷한 사람인가.
지혜는 어째서
내가 좋아하는 지혜와 조금씩 다른가.
물끄러미 지혜를 바라보면 나의 지혜는
웃음을 터뜨리며 이렇게 외쳤지.

당신, 또!

그래요. 모든 것이라는 건
아무것도 아닌 것과 같아.
조금씩 사라지지 않는다면
음악이 아니다.
지혜의 말은 지혜처럼 어려웠는데
지혜는 어째서 지혜가 없는 세계에서만 행복하고
평화롭고
단순했는데

그것이 슬퍼서 나는
아침에 깨어나 베개에 얼굴을 묻고
울기는 하였다.
누구를 만나도 그곳이 어디어도
나는 섣불리 지혜를 동정하지 않고 동경하지 않고 마
침내
절교조차 하지 않고

먼발치에서……
먼발치에서……
사랑을 했네.

지혜가 지혜 아닌 다른 사람이 되어서
나의 적이 되어서
나의 아내가 되어서
나의 시신이 되어서
내 곁에서 깨어난
이 아침에도

우리 동네

여러분 우리 동네에는 미친, 미친, 미친

사람이 있다. 완전히 미치지는 않아서
사람들을 보면 멀쩡한 척 인사를

마트에도 가고 이발소에도 가고 백반집 오락실 수영
장에서 우연히 만나면 반갑게
인사를

하지만 저것은 거짓이다 여러분!
저이는 지금 우리의 공동생활에 치명적인 위해를

저이는 곧 바늘을 구해서 바늘을 물고
식칼을 찾아서 식칼을 품고
망치라든가 휘발유라든가 권총 같은 것을 교묘히
숨기고 저이는

골방을 나와서 골목을 나와서 거리를 나와서 광장을
나와서 저이는

망상을 집착을 불안을 절망을 선언을
전염병처럼

저이는 버스 정류장에 멍하니 서 있고 지하철 통로를
마구 뛰어가고 야구장에 도착해서 목청껏 소리를 지르다
가 영화관에 앉아 두 시간 내내 무섭게 침묵하는
저이는

마트에서는 결국 가격표를 꼼꼼히 확인하고 이발소에
앉아 드디어 눈을 감고 실내 수영장에서는 마침내
마침내
잠수를

배영을 할 수 있다면 천장만 보여서 좋을 텐데
물을 슬슬 가르며 외롭게 인생의 강물을 흘러갈 텐데
백반은 오늘따라 맛이 좋았네.
꼬마들은 왜 귀여워.

학교 정문을 지나 문구점에도 가고 마트에도 가고 이

발소와 편의점에 들렀을 뿐인데
　누가 낯익어서 반갑게 인사를 했을 뿐인데
　나는 식칼이 없고
　권총도 없고 실은
　진실이나 거짓도

　미친, 미친, 미친
　이라고 중얼거리며 누가 내게서
　천천히 멀어져갔다.

거북의 살을 먹는 들개의 살을 먹는 호랑이의 살을 먹는……

……그런 환상 속에서

나는 거북의 살을 먹는 들개였다가 들개의 살을 먹는
호랑이였다가

개미가 되었지.
개미가 되니 좋았지.
아주 작아서 잘 보이지도 않고 결국
호랑이를 잡아먹을 수 있다.

우리는 사무실에서 대화를 하고 있었다.
당신의 살과 내 살 사이의 거리는
당신의 죽음과 내 죽음 사이의 거리와 같아서
우리는 거의
한 몸이었다.

나에게 추도사를 해주세요.
들개가 거북의 추도사를 하듯이
호랑이가 들개의 추도사를 하듯이

우리는 사무실을 나와 다운타운을 걸어갔다.

개미 군락처럼

긴 생이 펼쳐져 있었다.

스틸 라이프

당신은 간장처럼 깊고
갓 떠낸 두부처럼 멀어.
향긋하고 부드럽게 위장 속으로 사라지네.

당신을 굽고 튀기고 볶고 머리칼을 잘라 양념을.
뼈는 오래 끓이다가 귓불을 넣고
소금 한 스푼에 고소한 참기름까지.

당신의 꿈에서 신선한 부위를 한 근 베어 오자.
절반은 데치고 절반의 절반은 졸이고 나머지는
영혼의 냉동실에

손가락은 언제나 여섯 개
육 육에 삼십육
삼십육은 아름다운 손가락
여섯 개의 팔이 어깨에서 돋아나자
잘 드는 칼이 필요해.
당신의 근육을 팔팔 끓이고 졸이고 마침내
혀끝으로 맛을 보자.

나는 수천 개의 돌기로 수억 개의 미뢰로
당신을 느끼네.
뼈가 녹은 당신을
꼬리가 달린 당신을
눈을 파내고 코를 베어내고
자지 보지를 한꺼번에

오늘도 나이프와 포크가 있는 접시를 준비해.
가니시를 곁들이고 샐러드와 함께
달콤쌉싸름한 당신을
신선한 당신을

오늘의 식탁은 놀라워.
영원도
영혼도
이곳을 떠나지 않네.

농담

후회가 전화를 걸어와서 같이 밥을 먹자고 했다. 나는 반가워서

후회를 만나 밥을 먹고 커피를 마시고 함께 산책을 했는데 후회가

자꾸 이상한 농담을 해서 나는 말했다. 이를 덜덜 떨며 말했다. 당신이…… 당신이 그런 말을 하다니……

나는 압력솥 안의 쌀알처럼 들끓었는데 창밖의 태풍인 듯 휘몰아쳤는데
세월이 흐르자 흰 그릇에 담긴 밥처럼
고요한 밤하늘처럼
무심해졌지.
후회가 한 농담은 생각조차 나지 않았다.

아, 그런데 그건 눈 내리는 밤의 고독한 사람에 대한 농담이었을까? 매우 우아하고 아름다운 농담이었을 텐데
그런데 왜 나는 그토록……

십 년 이십 년 삼십 년이 지난 뒤에 나는
십 년 이십 년 삼십 년 전으로 돌아가서 나는
후회를 계획적으로 외면한 뒤에 혼자
그리워하려고 했다.
그 시절에는 후회가
누구인지도 몰랐는데

나는 마침내 노인이 되어 생각한다. 눈 내리는 밤의 고
독한 사람 곁에는 후회가 없을 거라고
밤하늘처럼
기도처럼
후회가 없을 거라고

나는 백반집에 앉아 텔레비전을 바라보며 혼자 밥을
먹었다.
흰 그릇에 담긴 밥을 먹었다.
익은 쌀알이 부드러워서
전화를 걸었다.

후회가 받지 않기를 바라며
전화를 걸었다.
그것을 물어보려고
아무것도 아닌 것처럼 슬쩍
그것을 물어보려고

그때 그 농담이 무엇이었느냐고
대체 어떤 농담이었는데 지금 내가
이토록 쓸쓸한 것이냐고

정오의 신비한 물체

안녕. 오랜만예요.
손차양을 하고 전방을 바라보았을 뿐인데
자꾸 신비로운 것이 보여요.
여기는 아바나의 해변이 아니고
뉴욕의 지하도가 아니고
평양의 옥상도 아닌데

지나가던 아랍 사람이 의아하게 물었다. 무엇을 보고
있어요?
미국 사람이 놀란 표정으로 물었다. 보이나요, 무엇
이?
아프리카 사람이 궁금한 표정으로

나는 손차양을 하고 물끄러미
전방의 물체를 바라보았을 뿐인데
나는 갑자기 필리핀 사람이 되어서
아일랜드 사람이 되어서
평양 사람이 되어서
말을 했다.

가만 보니 저것은

지하실처럼 어둡고

벌레처럼 침묵하고

시신처럼 차갑습니다만

전 세계 사람들이 다급하게 물어왔는데

무엇이 보여요?

보이나요, 무엇이?

대체 저것은……

나는 비명을 지르려고 했다.

정오를 견디지 못하려고 했다.

노인에 도달하려고 했다.

꿈속에 도착했다가 마침내

사후와 같이

나는 늘 친절하게 대답하는 사람예요.

그러고 나서야 제 갈 길을 가는 사람이죠.

그런데 내 입에서 한 마리의 곤충이
날름거리는 뱀의 혀가
드디어

여보세요?
여보세요?
당신은 무엇을 보고 있어요?
보고 있어요 무엇을?

아무도 어리석은 삶을 원하지 않는다

사무실에서 일을 하고 있었을 뿐인데 누가 자꾸
다른 이름으로 나를 불렀다.
익숙하고
그리운 이름으로

조용히 그를 외면한 뒤에 퇴근을 하는데 문득
모든 것이 의아해지고
그리운 곳으로 전화를 걸자 이 번호는 없는 번호이오니
다시는 걸지 마시길

마트에 들러 장을 보고 조금 더 싼 가격의 해외여행을
검색하고 이비인후과에서 치료를 받았는데 어째서 나는
사랑을 해본 적이 없는 사람이었다.

아아, 나는 지하철 계단에서 발을 헛디뎠다가
피투성이인 채로 몸을 일으킨 뒤에는 길에서 멱살을
잡고 싸웠는데
대체 누구와?

친구들은 미친 듯이 야근을 하다가
의류 코너의 신상이 되어 전시되다가
정육점의 붉은 고기로서
흔들흔들

저는 생활을 하는 사람입니다만
요즘은 자꾸 귀가 아픕니다만
드디어 파업을 하고 시위를 하고
여행을 떠났다가
길을 잃었을 뿐입니다만

회사에 나오지 말라는 말을 들었다.
내 귀에 벌레가 산다고 한다.
오늘따라 보고 싶은 사람이 있었는데 또
잘못 걸린 전화가 걸려 왔다.
그 순간 창밖에서 누가 거꾸로 떨어지고

그이가 허공에 정지한 채
물끄러미 내 이름을 부르는 것 같았다.

언젠가 불러본 듯 익숙하고
그리운 목소리로

누구의 토끼 뿔

내가 누구를 만나 담소를 나눌 때 누구는 꼭
토끼의 뿔을 달고 있었다.
누구는 뾰족한 뿔을 휘휘 휘두르며 친근감을 표시하
다가
갸우뚱 고개를 기울이고 의혹을 드러내다가
끝내
사랑을

누구는 조금씩 이상해 보이는 데는 천재
누구세요.
누구일까요.
대체 넌 누구냐.
나는 조금씩 궁금해져서
동굴처럼 캄캄해져서
질문을

밤마다 누구의 토끼 뿔을 붙잡고
누구의 캄캄한 아가리를 벌리고
누구의 내장 속으로

누구의 악몽까지
도달하려고 했다.

누구는 이제 나의 번민과 나의 연구와 나의 음악을
언제 어디서 어떻게 하려는 것일까.
나는 누구도
누구의 누구도
이해하지 못했는데

누구가 떠난 뒤에도 나는
토끼의 뿔을 생각하였다.
토끼의 뿔에 사로잡혔다.
토끼의 뿔을 열심히 키워서
팔지 않았다.

비 내리는 밤마다
나는 혼잣말로 물어보았다.
어째서 내 머리에
뾰족한 뿔이 자꾸 돋아나는지를

길고 아름다운 뿔을 휘휘 휘두르며 오늘도

누구의 가깝고도 먼 곳에서 나는

친근감을 표시하다가

의혹을 드러내다가

끝내

사랑을 하는데

소문과 장례식

이상한 소문이 돌았어. 내가 이미 죽었다고 한다. 볕
좋은 곳에 묻혔는데도 뭐가 그리워서

무덤을 나와 홀로 산책을 하고 전화를 하고 술에 취해
노래 부르는 걸 보았다는

이상한 소문이 돌았어. 내가 아이누 인이라고 한다. 빨
간 스쿠터를 타고 북해도의 해안 도로를 달리다가 잠시
이 도시에 들렀을 뿐이라고

전생은 코뿔소

후생은 작은 유령

하지만 지금은 건전한 채식주의자로서

이상한 소문이 돌았어. 내가 이혼을 했다고 한다. 별거
를 하고 여장을 하고 모르는 아이들을 마구 낳고 하하하
웃으며 해변을 뛰어다니다가

천천히 뒤를 돌아보았다는

당신과 눈이 마주쳤다는

맞아요. 사실 나는 남자가 아니고 한국인이 아니고 사

람이 아니고 외계에서 왔다.

　10개 국어로 사랑을 외치며

　코뿔소처럼 포효할 수 있다. 결정적으로

　빨간 스쿠터를 탈 줄 알지.

　나는 서울시 도봉구 창동의 아파트에서 소박한 삶을
살아갔을 뿐인데

　어째서 이곳에서 장례식도 다 끝나고

　볕 좋은 오후에

　잘 묻혀 있었다.

악마는 디테일

그런 건가요,
하고 내가 쓸쓸하게 중얼거리자 당신은
악마는 유물론자고 천사는 관념론자예요,
라고 말했네.

나는 그런 건 아무래도 좋다고 대답했고
은행에서 순서를 기다리고 있었지.
돈을 빌리려고
길고 장황하고 상투적인 문장이 되어

통유리 저편으로 오후의 햇살이 가득했는데
당신은 어째서 유리의 저편이 아니라 유리 자체를
유리 자체를
바라보는 사람

그건 대단한 재능예요,
라고 나는 말했네.
유혹을 느끼지 않고 악마를 바라볼 수 있는
희귀한 능력이라서

당신은 웃었다. 당신은 웃었지. 햇빛에는 형이상학이
없어요, 엄청난 근육질이죠, 다
　부숴버린다.

나는 행복 같은 건 아무래도 좋았네.
커다란 통유리 저편을 바라보며
대출 상담
이라고 쓰인 팻말 아래 앉아 있을 뿐.

유리 저편이란 언제나
디테일이 훌륭해요.
천사들이 날아다니죠. 아름다운
지옥이다.

당신이 길고 독특하고 아름다운 문장으로 또 무어라
말을 하자
　그런 건가요,
　라고 나는
　쓸쓸히 중얼거렸다.

죠스

수면의 위와 아래는
푸른 하늘과
심연인데 거의
천국과
지옥인데

사랑해
라고 말하는 입술과
죽어버려
라고 뇌까리는 입술이 하나인데

저 앞에서 다가오는
검은 형체가 있는데

나는 수영을 했다.

분명히 바다에서 수영을 하고 있었는데
노인이 길을 물었다.
대출을 받기 위해 은행을 방문했다.

옛 시절 그 골목에서 누구에게
좋아한다고 말했다.

사망한 뒤에는 무서운 것이 없는데
꿈도 생시도 없는데
검고 달콤한 아이스바의 이름이 죠스인데

저는 술을 많이 마셔서 새벽에 깨어났을 뿐예요.
천장이 반짝이는 수면 같아서 천천히
떠올랐을 뿐예요. 물 위로
목을 내밀자

길을 물었는데 자네는 왜 대답이 없나.
부동산도 고리대금업도 존나게 번성하는구나.
이 수영장의 물은 원래 이렇게 핏빛입니까?
근데 너,
왜 입술이 빨개.

이곳은 천국도 지옥도 아닙니다만

나는 한 번도 수영을 배워본 적이 없습니다만
저기 저 가까운 곳에서 좌우로 몸을 흔들며 다가오는
검고
고요한 것이 있다.

겨울의 높이

앵글을 돌리면 높이는
길이가 되고
폭이 되고
때로 깊이가

하지만 어느 도시에서든
구청에서 나온 사람들이 청소를 하는 것이다.
출근하는 사람들은 깨끗한 거리를 좋아하고
아직 떨어지고 있는 사람 역시

까마득한 곳에서 아래를 바라보면
사람들이 좌우로 걸어 다니잖아요. 확실히
수평이죠.
수직의 입장에서 보면 어째서 그게
신기해.

겨울에는 깊고 먼 곳이 어디에나 있지만
여기서부터 저기까지가 높이인지 깊이인지
또는 부피인지 모르는 채로

마구 부풀어 올라서 쾅!

터져버리는 것

높이를 무너뜨리고

무게를 박살 내고

흔적도 없이

당신은 퇴근길에 잠깐 멈추어 서서

손가락으로 카메라를 만들어봅니다.

앵글을 하늘에 맞춰요.

저 빌딩은 얼마나 높은가.

높이는 언제 길이가 되나.

긴 것은 기린 기린은 기차 기차는

떠나가는 것

나는 아직도 떨어지고 있는데

이것이 생활인가?

고드름이란 추락하기 위해 존재하는 것이죠.

뾰족한 것입니다.

저기 붉게 물든 석양이 보여요.

하늘과 땅이 뒤집혔나 봐요.

떨어지는 사람은 깊고 먼 곳을 바라볼 수 있다.
당신이 있는 곳을.
자기 자신이 없는 곳을.
그 사람은 기억력이 좋아서
아무것도 잊지 않는다.

아이슬란드에 흥신소

그는 초코바와 아이스크림을 샀고 배가 고팠다. 인생을 이해하기 위해서는 외국에를 가야 해요. 인생이 아니라 인생 말입니다만.

편의점에서는 누구나 슬픔에 잠겨 질문을 하네. 씨씨티브이가 외국어표기법에 맞아요? 아니면 CCTV가? 당신은 아이슬란드에 가본 적이 있어요?

이봐요. 외국어표기법이 아니라 외래어표기법입니다만. 씨씨티브이는 시시티브이가 맞고요.

아아, 재수 없어. 그는 초코바를 씹으며 애인에게 전화를 걸었다. 그대여, 오늘의 스카이라인은 아이슬란드 음악처럼 녹아내리네. 사람들은 팔짱을 끼고 걸어 다녀.

연인들은 여자도 아니고 남자도 아니다. 동양인도 아니고 서양인도 아니다. 갓 태어난 아기처럼 사랑을 하고
절망을 하고
이별을 하고
구글 지도를 든 채 문득

먼 나라로

먼 나라에서도 다운타운을 걷는 사람들은
초코바와 아이스크림을 산다네.
무척 배가 고프리.
초코바는 다 먹었는데 사우스 코리아는 어디에? BTS
는 은퇴했나?
인생, 힘들어요.

그녀는 다운타운에서 애인의 전화를 받았는데
애인은 아이슬란드에 대해 길게 이야기를 했는데
아이슬란드의 음악이라면 비요크와 시규어 로스밖에
모르지만 아이슬란드의 얼음 바다에 대해서라면 길게
이야기할 수 있다고
얼음 바다에는 씨씨티브이도 없고 시시티브이도 없
다고
웬일인지 오늘의 다운타운에는
피살자가 없다고

우주 공간이 아니라 발자국

길을 걷다가 파인 발자국에
가만히 발을 맞춰보았네.
버스 차창에 죽은 친구의 얼굴이 떠올라
얼굴을 가까이 대어보았지.
내 발은 조금씩 어긋나고
유리 위의 눈과 코와
입술도

그것이 좋아서
그것이 외로워서
저녁을 물속인 듯 보냈다.
내내 발자국을 맞추어보는 기분으로
눈과 코와 입술을
유리에 새기는 기분으로

우주에는 적이 없고 친구가 없고
부인할 것이 없다.
밤하늘도 가로수도 새벽의 공기도
나를 반대하지 않는데

우주 공간이 아니라 발자국,
누가 그렇게 말한 듯하여 바깥을 바라보았는데
누가 아니라
나부끼는 플래카드가
누가 어째서 무엇을
결사적으로 반대한다는 플래카드가

나는 발자국의 마음으로 앉아 있었네.
눈과 코와 입술이 되어 유리에 새겨졌네.
우리는 어디서 무엇이 되어 저렇게
나부끼는 것인지
격렬한 것인지
곰곰이

밤의 차창에 희미하게 비친 내 얼굴에
당신이 가만히 얼굴을 대어보았지.
눈과 코와 입술이 잘 맞았다.
당신의 신발과 나의 신발이

같은 사이즈였다.

다음 정류장에서 내리실 분은 버튼을 누르세요,
라는 말을 들었다.
신성한 목소리였다.
드디어 가늘고 긴 팔을 내밀어
버튼을 누르고
한 발짝을 내딛자
발밑은 캄캄한 우주 공간

4부
쉿! 잠깐만, 잠깐만, 너는 아직
아무것도 못 들었다니까

무기여 잘 있거라

내가 당신에게 고백을 했다.
고백이 놀라운 무기여서 벌판을 피로 물들인다면
대체 왜 그것을

외로운 창을 들고 적진을 향해 나아가는데
크라이스트처치의 회전 교차로에서 교통사고가 일어
나고
상하이의 창밖으로
눈 온다.

우리는 매일 창과 방패를 든 채
고백하고 설득하고 참회하는 벌판으로 나아갑니다.
갑옷을 입은 채 온몸이 박살 나고 뼈와 살이 튀어 오르
는 그곳으로
출근을

부서진 자동차에서 죽은 사람이 걸어 나왔는데
아무도 그것을 부활이라고 부르지 않았다.
내리는 눈이 허공에서 정지했는데

그것이 기적이 아니었다.
꿈이 괴로워서 꿈에서 계속 자살을 한다면
대체 왜 꿈을?

가련한 자여, 죽음의 입장에서 보면 모든 것이
발생입니다. 음악입니다. 들어보세요.
수도 서울의 새벽에 문득 깨어났는데
수많은 전투를 치른 시신들이 마침내
고요했네.

늙은 사람이 다가와서 그것을
평화라고 불렀다.
뾰족한 창을 버리고
질주하는 말을 버리고
종로3가의 눈보라 속에서
나는 천천히 일어섰다.

손톱 발톱 끝에서 핏방울이 흘러나왔다.
부활한 사람들이 거리를 걸어 다녔다.

누구에게든 고백을 하고 싶었다.

다시 생각해보면 이것은

기적적인 세계였다.

대관람차

아홉 살에 대관람차를 탔지. 빙빙
대관람차가 도는데
창밖에 커다란 머리가 나타났네.
눈 코 입이 달린 풍선인가.
날아다녔어.

열아홉 살에도 대관람차를 탔는데
그대와 빙빙 돌다가 덜컹
정지해버렸네. 아, 공중에 갇혔다!
하지만 그대여,
대관람차에서만 볼 수 있는 머나먼 초원이 있잖아.
지평선이 있잖아.

스물다섯 살의 대관람차를 탈 때는 마침내
혼자였어요.
여기는 가난하고 높고 쓸쓸하니 저 멀리
나를 떠난 그대의 뒷모습이 보여.
아무래도 울지 않았네.

서른세 살에는 아무것도 바라보지 않고
아무에게도 보이지 않았는데
그게 좋았다.
그게 좋았지.
여전히 나는 빙빙 돌고 있을 뿐이지만

쉰 살에는 대관람차를 타지 않았다.
일흔 살까지 대관람차를 타지 않았다.
아흔 살이 되자
그런 건 기억도 나지 않았네.
평화롭고 고요해.

오늘은 대관람차 아래서
대관람차를 올려다보며 중얼거리네.
대관람차 따위
높고 크고 화려하게 원을 그리며 돌아가는
저 혼자 완성되는
대관람차 따위

나는 조금씩 부풀어 올라서

눈과 코와 입이 달린

우습고 커다랗고 지혜로운 머리가 되어서

천천히 떠올랐다.

적의 위치

헤이, 저기 뭔가가 움직여.
보트피플인가.
동물인가.
거기 누구냐! 손들어!

일생 동안 적이 사라지지 않도록 노력했는데
평화로워지지 않도록 노력했는데
나의 적은 어디에?
부르주아 양반 귀족
제왕 국왕 독재자
드디어 가부장 테러리스트 차별주의자까지

나의 적은 어디에
철책 너머에
바다 건너에
갑자기 바로
내 눈앞에

눈을 비비고

캄캄한 어둠을 향해 총구를 겨누고
헤이, 나의 적은 빨갱이나 자본가인 줄 알았는데
외계인이나 밤의 악몽인 줄 알았는데
당신이었군요.

여기서 뭐 해요.
뭐를 하고 있어요.
내가 당신을 겨누어야 해요.
포박을 해야 해요.
거리에서 직장에서 마침내
술집에서

당신은 철책 너머를 노려보네.
적이 없으면 동지도 없으니
드디어 나를 향해 외치지.
거기 누구냐! 손들어!

나는 무기를 버리고
두 손 두 발 다 들고

고독하게

항복을

나는 당신의 끝나지 않는 사랑이에요.

불안이죠. 드디어

바로 눈앞에 있다.

해변과 영혼

저물지 않는 해변에 서서 조금씩 부족해지고 있습니
다. 그런데
저물지 않는 해변이 있나.
게다가 나는 부족해지는 게 아니라 대화를
나는 누구와 흥미로운 대화를

오늘은 무엇이든 팔 수 있을 것 같군요.
내일이라든가 옛 기억 또는
취향 같은 것들을.
아, 영혼은 오래된 상품이죠.
파우스트 나귀 가죽 초상화 도리언 그레이…… 가끔은
할인도

석양이 내리는 해변은 참으로 아름답지 않나요?
헌 집 줄게 새 집 다오 헌 집 줄게 새 집 다오
끝나지 않는 노래를 부르며
피리 부는 사나이를 따라가고 싶은 시간예요.
음악에 이끌려 들어갈 물속은
어제보다 조금 더 가까이

물고기들의 리듬으로 밀려오는 것이 있습니다.
모래 위의 게처럼
일생 동안 따라오는 것이.
사실 해변은 저물지 않죠. 우리와 함께
자전하고 있을 뿐

악마는 언제나 옆으로 걸으며 말한다.
그렇게 진실만을 말한다. 그것이
그의 힘

그대여, 손을 펴 보아라.
성실하고 집요하게
손가락 틈으로 사라지는 것들을 바라보아라.
해변의 모래들이 이미
그대의 영혼을 가져갔으니

저기 저물지 않는 해변을 걸어가는 사람이 있다.
그의 귀에는 하멜른의 음악이 흐르고

그의 뒤에는 그림자가 없고
심지어 발자국도

물고기의 생각이 밀려오고 있었다.
나는 조금씩 부족해지고 마침내
새로운 영혼이었다.

의심하는 마음

독심술을 하는 사람이
사랑을 할 수 있어요?
할 수 있어요?

인민의 대표자는 예외 없이
인민의 지배자가 된다는데
비행기를 타고 결국
망명을 간다는데

삼일맨션 재건축추진위원회 위원장 김광현 씨는 오늘 아침
자신의 집에서 사망한 채로 발견되었다. 사망 추정 시간은……

외롭지.
외로울 거야.
외롭다.

아니, 대체 누가 누굴 의심하는 거야? 101호가 202호

를? 403호가 501호를? 301호가 다시 101호를,

김광현 씨가 어제 마신 음료가 뭐죠? 그이는 자기 자신을 의심한 건 아닐까요? 그런데 우리 빌라에는 5층이 없잖아요!

이봐요,

지금 그게 중요해?

미친 듯이 고도를 낮추는 비행기 안에서 기장이 외쳤다.

숲이 보이나? 착륙이 가능한가? 지금 누가 생각나는가? 누가

그리운가?

그리운가……

삼일맨션은 35년이 되었다.

김광현 위원장은 옥상에 서서 가을 하늘에 남은 비행운을 바라보았다.

독심술을 하기 때문에……

사랑을 했어요.

비행기가 급격하게 고도를 낮추는 순간
인민의 지배자는 외로움을 느꼈다.
그는 자신이 모든 것을 의심했다는 것을
측근의 마음을 읽었다는 것을
이제 죽음이 임박했다는 것을
깊이 깨달았다.

소염제 구입

선생님, 대도시의 밤을 배회하는 산 죽음을 아십니까?
신호등을 마주칠 때마다 불신자가 되는 것이죠.
그레고리오성가가 흐르는 이어폰을 귀에 꽂고
좀비가 되는 것이다.
그렇다고 침을 아무 데나 퉤!
뱉는다고 생각지는 말아주십시오.

선생님은 뼈가 부러진 식물을 이해하십니까?
광합성을 하는 동물은?
이해할 수 없다면
상상을 하지 말아라.
동정도 공감도 집어치워라.
그것이 저의 호소입니다.

선생님, 거실에는 단란한 가족들이 모여 있고
아무도 기도를 하지 않는다.
독심술을 하던 개그맨이 울음을 터뜨리자
아버지 어머니 형 언니 동생이 차례로 웃음을 터뜨리고
이렇게 저는 거리를 헤매는 것이죠.

선생님, 나의 아름다운 선생님,

어째서 내 얼굴에 자꾸 염증이 생기고 영혼에 종양이

돋고 귓속에서 희귀한 동물이 울부짖는가?

나는 왜 자꾸 인간이 사라진 거리를 상상하는가?

교차로를 만날 때마다 좌측으로 돌면 반드시

제자리에 도착하는데

저기 약국이 보이네. 세상의 모든 약국은 교차로에 있고

약국에는 언제나 선생님,

선량한 선생님이 기다리고 있잖아요.

오늘도 침묵하는

나의 성자

나의 구세주

저에게 약을 주세요, 선생님.

돈이라면 은행을 털어서라도

사랑이라면 심장을 꺼내서라도

영혼이라면 대뇌의

전두엽을 주겠다.

선생님,

흰색 가운을 입은

나의 선생님,

수도승의 숲

구의 어금니가 돋아나서 턱을 뚫고 자랐다.
온몸의 털이 조금씩 무성해졌다.
육교에 올라가자 사방이
드넓은 초원이었다.
지하철역 계단에서 거대한 짐승의 울음소리를 들었는데
그건 분명 맘모스였다니까!

오늘은 금요일이고 악마를 만날 것 같았어요.
휘에게 전화를 걸었는데 받지 않아서
구는 혼자 사당동의 밀림으로.
수도승의 숲이라는 술집은 어디에도 없었지만
술을 마신 뒤에는 신용카드를 내밀었다. 저기요,
사막이나 심해에도 시간이 흘러요?
나의 사랑이 이미
거기 있었을까요?

구는 외로워졌고
머나먼 과거로 떠날 결심을 했다.
어제로 십 년 전으로 지난 세기로 마침내

기원전으로
그곳에는 지하철이 없고 휴대폰이 없고 영영
막차가 오지 않겠지만
어제는 우리가 함께였잖아요.
그런데 오늘은

그 순간 휘는 집에서 뉴스를 보고 있었는데
토요일이었는데
혼자였는데
지루하고 현대적인 하루였는데 갑자기
사랑이 끝났다는 생각이 들었다.

밤의 창가에 서서 휘가 고개를 갸우뚱히 기울이자
구는 밤거리가 조금씩
기울어지고 있다는 것을 알았다.
금요일과 토요일 사이의 밤은 길고 깊어서
구는 거리를 걷고 있고
휘는 이 시를 썼다.

뼈의 도서관

나는 조금씩 뼈에 가까워지는 것 같았다.
회사에서
버스 안에서
술자리에서
겨우 이어진 채 무어라
말을 하는 것 같았다.

이어져 있는 것이 곧 진실인가?
라고 고고학자는 물었지만
나는 오랫동안 복도에 앉아 있는 사람이었기 때문에
나는 오랫동안 기차를 타고 가는 사람이었기 때문에
아직도 물에 잠겨 있는 것

한때는 나도 그런 일을 하려고 했어요.
기차를 타고 아주 멀리 있는 것의 가까운 곳에
도착하는 일을
부드러운 솔로 슬슬
숨겨진 세계를 드러내는 일을

뼈들은 늘 어긋난 채로
깊은 곳에서
예기치 않게
나타나죠.
그럼요,
나타난다.

나는 단지 물의 관절을 가만히 느꼈을 뿐인데
눈을 감았을 뿐인데
비천한 왕의 표정으로
거만한 하인의 영혼으로
마침내 심해의 음악이 되어

고고학자는 먼 미래의 눈으로 나를 바라보았다.
그의 눈이 흐릿하였다.
나는 복도 끝에서 밀려오는 파도를 바라보며
천천히 몸을 일으켰을 뿐이다.
책을 손에 들고
일어서는 느낌으로

나는 발굴된 뒤에

회사에서

버스 안에서

술자리에서 겨우

이어져 있었다.

반딧불이 전화를

마지막으로는 반딧불이 나에게 전화를 했다.
끝이 가까웠고
멈출 수가 없었고
새벽에 깨어나 두려웠기 때문에

안녕. 잘 지내나요? 요즘엔 미세 먼지가 기승예요.
전염병이 또 시작되었대.
먼 곳에서는 세계대전이

반딧불은 착한 사람들을 좋아한다고 했다.
거짓말을 하는 사람은 혼자 외로울 거라고 했다.
새해에는 복을 많이 받으라고 했다.
그래서 자꾸

내가 사라진 뒤의 밤을 기준으로 생각해요.
이후의 시간을 살아가요.
모든 것이 단순해지는,

그것이 아무래도 아름다워서

나는 침묵을 했다.
침묵 뒤에 또 침묵
다시 긴 침묵 뒤에 드디어

반딧불이 없는 새벽은 온다.
끝을 지난 새벽은 온다.
나는 깨어나 생각을 하다가
점점 더 단순한 생각을 하다가
마침내 생각을 할 수 없을 때까지 생각을 하다가

반딧불에게 전화를 했다.
새벽의 어둠 속에서 거짓말을 했다.
반딧불이 떠도는 밤이라 외롭지 않다고
모든 것이 이미
지난 뒤라서

반딧불은 전화를 받지 않았다.
착한 사람은 이제
착한 사람이 아니었다.

새해에는 복을 많이 받으라고
나는 중얼거렸다.

반딧불이 허공으로 떠올라 빛을 내었다.
그것이 거짓말 같았는데
거짓말처럼 그것이
영영 거기 있을 것을
나는 알았다.

용서하기는 불가능

　당신은 대개 다정했고 희망이라는 단어를 알았으며 이웃을 위해 옳은 일을 했는데

　당신은 혼자 생각에 잠길 줄 알고 반성하는 말을 잘했으며 무거운 유리문을 밀고 나갈 때마다
　뒤에 오는 사람을 살폈는데

　당신이 나를 비난했어. 나는 쓰러졌네. 거의 사망했지. 내 시신을 바라보며
　나는 천천히 일어섰다. 아직 시간이 남아 있어요. 이곳을 떠나기 전에 할 일이 있어요. 그건 당신도 아는 일. 차가운 일. 복수의 일.

　나는 불경을 읽고 성경을 읽고 코란을 읽었는데
　오른뺨을 내밀고 왼뺨을 내밀었는데
　주기도문과 성모송을 외우고 반야심경에 대해서라면 하루 종일 토론을

　그래서일까? 당신을 용서하는 상상은 나에게 쾌감을

준다. 신은 죽었고 니체도 죽었고 도스토옙스키도

　우리에게 죄지은 자를 우리가 용서하듯이 우리를 용
서하시고
　나는 용서의 칼을 갈며 노래 부르네.
　이해한다고 말하지 말아요. 미안하다고 말하지 말아
요. 비명을 지르지 말아요. 목에 칼이 들어와도

　생각이 당신을 용서하지 않고 반성이 당신을 용서하
지 않고 결정적으로 유리문이……
　이봐요, 진리의 관점에서 보면 모든 것이 사소하다.

　나는 유리문을 열 때마다 뒤를 돌아보았다.
　뒤에 누가 오는지를 주의 깊게 살폈다.
　당신이 미소를 지으며 다가오자
　드디어

불규칙하게 도래하는 것들의 폭설

새로 들어선 건물은 요양원으로 사용된대요.

요양원 창가에는 늘 세상의 모든 창밖을 바라보는 노인이 서 있죠.

모든 이의 얼굴이 같은 속도로 변하는 모습을

물끄러미

자고 일어나 거울을 보았더니 글쎄

하루아침에 노인이 되어 있었어. 정확하게

하루아침에.

어제는 모든 게 새롭다고 생각했는데

오늘은

오래전에 당신에게 보낸 편지는 이제

물의 표면처럼 흔들리네.

읽어도 무슨 뜻인지 알 수가 없네.

겨울이고 눈이 내리는데 나는 왜

여기 있는 거야?

패스트리처럼 한 겹 한 겹

기억이 쌓인다고 상상할 수는 없어요.
눈송이들은 맹렬하게 추락하다가 스르르
녹아버리죠.
허공으로 만든
총알인가 봐요.
내 머리통을 뚫었다!

눈이 내려요.
화이트 크리스마스입니다만
어지럽게 낙하하다가 또
다른 세계에 도착합니다만

아, 하고
저기 저 창가의 늙은 사람이 입을 크게 벌렸어요.
눈송이를 받아먹었어요.
누구의 것도 아니었다가 이제 막
그의 몸이 되어버렸어요.

방학 숙제

저기 저 개가 무엇을 믿고 있다.
저기 저 고양이가

철수와 영희는 매일 학교에 갑니다만
계단이란 아무래도 참회에 가까운 것이죠.
한 발을 들어 올린 후
뒤에 남은 한 발을 골똘히 바라보는

신경쇠약에 걸린 노인이 아이들을 불렀어요. 얘들아
얘들아,
끝까지 올라가면 거기 환한 빛이 있을 거야. 믿음에 사
로잡힐 거야. 드디어
깊은 밤에 빠질 거야.

영희와 철수는 대답했어요.
괜찮아요. 괜찮아. 우리는 학교에 가는 길예요. 드디어
방학이 시작될 거예요.
댕 댕 댕, 학교 종이 울리자
자기 머리통을 던지며 환호하는 친구들

우리의 착한 친구들과 함께

영희와 철수는 집에 가려고 했다.
와, 집에 가려고 해요.
작은 절벽들이 기필코 이어져 있는
계단을 지나

고양이는 단 한 번의 도약으로
계단 밖으로 사라지고
저기 저 개는 순식간에 잠들어
계단을 지워버리는데

해가 다 저물도록 계단 앞에 서서 우리는
그토록 오랫동안
움직일 줄 몰랐는데
집은 여전히 멀고 방학은 벌써
끝나가는데

새로운 공산주의의 새로운 과거

1.

그러니까 손님은 왕인데
왕은 요리를 잘할까요.

나는 마리 앙투아네트를 사랑하고 니콜라이 2세를 그
리워했을 뿐인데 어째서
나를 괴롭히는 손님 새끼들…… 연민도 아까운 우주
쓰레기들…… 식당 문을 닫는 순간 나오는 완전히 무관
한……

오늘도 저주를 퍼붓고 눈물을 흘리며 참회를 했는데
어째서 그것이
진짜 인생이었다. 나는 견딜 수 없어져서
기독교의 불교의 유대교의 밀교의 카발라의 주문을
외우다가 창문을 열고
백 년 후의 세계로 뛰어내렸다.
바닥도 없이 까마득한 그곳으로

그곳은 공산주의의 세계였다. 연준이 없고 일론 머스
크가 없고 이재용도 없는
　　부동산 급상승도 최저임금도
　　불안도

　　대신 긴 하루가 있어요. 환풍기가 나른하게 돌아가고요.
　　백 년 후의 화장실에서 표도르 도스토옙스키를 읽고
　　백 년 후의 죄와 벌에 감동을 받고
　　도끼를 손에 쥔 표정으로
　　간절하게

　　그리워요. 어째서 오늘은
　　손님이 없네.
　　생각해보면 진상들이 정말 많았지. 그중에서도 그 새
끼는…… 그 손님 새끼는……

2.

　손님은 휴일을 맞아 등산을 갔다. 손님은 풀밭에 누웠고 잠이 들었다.
　어디서 본 듯한 사람이 꿈에 나타나 백 년 후의 아침을 보여주었는데
　그 아침이 너무 조용하고 외로워 눈물이 났네.
　손님은 어느덧 인류애로 충만했고 배가 고팠다.

　종교가 없고 원한이 없고 혁명사를 공부해본 적이 없는 건전한 시민이었으므로 손님은
　백 년 후의 꿈속에서
　오늘의 식당으로
　뛰어내렸다.
　손님은 의자에서 벌떡 일어나며 외쳤는데
　죄와!
　벌!
　이라고

나는 그에게 웃음을 지어 보이며 말했다.

"손님, 악몽을 꾸신 모양이군요. 식당에서 조는 분은 드뭅니다만……"

그는 멍한 표정으로 나를 바라보다가

오후의 창밖을 바라보다가

손님은 그날 밤 화장실에 앉아 백 년 후의 화장실에 대해 생각했는데 문득 오늘이

새로운 공산주의의

새로운 과거라는 것을 알았다.

참을 수 없이

요리가 하고 싶은 밤이었다.

재즈 싱어

노래는 아직 시작되지도 않았는데
왜 다 들은 것 같지?
어째서 이미
다 끝난 것 같아?
미래는
오는 건가요?

이봐, 10년 후의 편지를 받아보는 메일링 서비스가 있대.
10년 후의 당신이
오늘의 당신에게 보낸 편지를.

아, 그런 것이군요,
그렇다는 것이군요,
하고 나는 입을 조금 벌려 놀란 척을 했다.
모든 것을
다 겪어버린 사람의 표정으로

가족들이 모여 앉아 식사를 하려는 순간
쓰나미가 벽을 무너뜨렸죠.

집속탄에는 수많은 작은 폭탄이 들어 있대.

10년 후의 이 부고 사진은 어딘지 낯이 익지 않아?

널 닮았다.

계급투쟁은 언제나 세계대전의 시대에 절정에 도달
하고

내일은 섭씨 45도의 무더위가 전국을 강타하고

골목을 돌아서는 순간 내 사랑,

잔인한 표정을 짓네.

슬프지.

슬프죠.

어디선가 옛 노래가 들려왔는데……

낯익고 그리운 음색이었는데……

속삭이는 목소리로 가수는

검지를 세워 코 위에 올린 채 내 귀에 대고 말했다.

들릴 듯 말 듯

머나먼 목소리로

쉿!

잠깐만,

잠깐만,

너는 아직 아무것도 못 들었다니까.

후기 postscript

빗소리 수많은 각자의 시간들이
떨어지는 빗소리

이장욱

1부
이곳은 아름다운 곳이고 선생님이 없어요

[더 멀고 외로운 리타] 리타는 대학 시절에 쓴 소설의 주인공 이름입니다만, 자가 격리 시절은 영영 끝나지 않을 듯합니다만, 리타는 여전히 먼 데서 이쪽을 바라보고 있습니다만,

[왼손에 돌멩이] 데이비드 카퍼필드(1956~)는 미국의 유명 마술사로, 만리장성을 통과하거나 자유의여신상이 사라지게 하는 등의 '그랜드 일루전'이 전문 분야.

[극적인 삶] 이것은 내가 모자를 깊이 눌러쓰고 무대를 바라보는 이야기. 무대 위의 당신과 눈이 마주치는 이야기. 당신의 삶은 단 한 장의 이미지로 정화된다. 기승전결이 없다.

[내 생물 공부의 역사] 제목은 괴테의 에세이 「내 식물 공부의 역사」를 변용.

[깊은 어둠 속에서 휴대전화 보기] 베네수엘라에 가보지 못했는데도 베네수엘라를 헤매었네. 아닌가. 베네수엘라에 가보지 못했기 때문에 베네수엘라를 헤매었나. 알겠습니다. 가보겠습니다. 바로 그곳에.

[개 이전에 짖음] 당신이 먹기 전에 잼은 이미 달콤한가. 바라보는 이가 없어도 석양은 물드는가. 그것은 왜 슬픈가. 슬픈가? 삶을 살기 전에 먼저 죽음이 있는 것과 같이?

[친척과 풍력발전기] 풍력발전기는 외롭고 높고 쓸쓸한데 오래 올려다보고 있으면 돈키호테의 풍차처럼 천변만화하고 그것은 강원도에 많다.

[변절자의 밤] 새벽 네 시의 어둠 속으로. 어둠 속으로. 어둠 속으로. 그가 내 귀에 뭐라고 속삭인다. 속삭이고 있

다. 나는 그를 의심하지 않을 것이다.

[무지의 학교] 우리는 무지의 학교에서 발야구를 하고 국영수를 외우고 사랑을 했는데 아직도 하교를 하지 못했네. 무지의 학교에는 방학이 없고 졸업식이 없다.

[적응하는 사람] 그대여, 날 자꾸 따라오지 말아요. 뒤돌아보면 돌이 될 거야.

[월요일의 귀] 이민휘의 「미래의 고향」을 틀어놓은 겨울 아침. 나는 뭐라고 뭐라고 혼자 중얼거렸다. 그건 내가 이해하지 못한, 당신의 말.

[히치콕의 밀도] 어느 날은 히치콕의 밀도가, 어느 날은 차이밍량의 밀도가, 어느 날은 요아킴 트리에르의 밀도가, 어느 날은 에릭 로메르의…… 아아, 그만둬요. 그들은 우리를 영원히 찍지 못해요.

[신경정신과에서 살아남기] 살아남은 자의 슬픔. 진심입니다. 모두 살아 있기로 해요.

2부

양을 세다가 양을 세다가 이상한 노래를

[기도의 탄생] 그대는 매일 기도를 하는군요. 완성되지 않음으로써만 목적을 달성하는 기도를.

[슈게이징 포에트리] 슈게이징은 1980년대 영국에서 시작된 인디 록 장르가 아니다. 그것은 방금 나에게서 시작되었다. 말하자면 당신에게서.

[인과관계가 명확한 것만을 적습니다] 이 시의 제목은 다음 책에서 빌려왔습니다. 『인과관계가 명확한 것만을 적습니다: 사망진단서 모음집』(자연사연구회, 2019). 이 책은 부제 그대로 사망진단서 모음집이다. 그 외에는 아무것도 없다.

[내가 저질렀는데도 알지 못한 실수들] 용서를, 용서를, 용서를…… 하지만 이봐요, 내일은 소풍을 가지 않을래요?

[편지가 왔어요!] 내가 아는 우체국장님은 이제 늙었지만 여전히 투철한 직업의식으로 무장되어 있습니다. 내내 건강하시고 행복하시고 부디 오래 사시기를.

[전 세계적인 음악의 단결] 앙투안과 장첸과 서울의 명희와 평양의 명희는 오늘 밤 음악의 공화국에 도착함.

[장미에게는 왜가 없다] 안겔루스 질레지우스는 독일 바로크 시대의 시인이고 "장미에게는 왜가 없다"는 그의 시구이고 장미라는 담배는 예전에는 있었는데 지금은 없다. 예전에는 있었는데 지금은 없는 것은 많고 그건 당신도 그렇다.

[적] 이 시에 나오는 '파시스트 사상가'는 독일의 법학자 카를 슈미트(1888-1985)입니다.

[일말의 진실] 여긴 늘 습하고 축축해. 뭐가 막 자라나 봐. 뭐가 돋아나나 봐. 발밑을 잘 보아요. 저기 저 이상한 것은 대체 무엇일까요?

[닮은 사람들] 도쿄의 밤하늘은 항상 가장 짙은 블루……는 이시바시 시즈카 주연의 영화 제목이고 강수영은 강일석과 최수영의 조합이고 효진은 이제 먼 곳에.

[양의 밤] 양의 밤. 양의 밤. 양의 밤. 단 한 마리의 양으로부터 벗어나지 못하는, 무수한 양의 밤.

[뇌의 혈류량] 청경채를 좋아하세요? 공산주의를 증오하세요? 던전을 휘감고 있는 어둠을 빠져나오자 우리는 갑자기 이상한 세상에 도착하고.

[폭풍의 언덕] 히스클리프와 넬리는 에밀리 브론테의 소설 『폭풍의 언덕』에 나오는 인물들이지만 이 시의 화자는 브론테의 소설에 나오지 않고 소설에 나오지 않는 사람들에게도 그들의 삶이 있다.

[몽두] 몽두, 내 고향. 당신도 몽두로 오세요. 당신이 도착하면 아마도, 그곳에 내가 없겠지만.

3부
누구의 왕도 누구의 하인도 아닌

[지혜와 거리 두기] 지혜를 지혜라고 부르면 이미 지혜가 아닌데 실은 바로 그런 것이 지혜라고 한다. 나는 지혜에 대한 긴 시를 쓴 적이 있는데 그것은 『뜻밖의 의지』(리메로북스, 2022)에 실려 있다.

[우리 동네] 당신은 나를 지나치고 나도 당신을 지나치고 당신은 우리 동네에 아직 모르는 사람이 많다.

[거북의 살을 먹는 들개의 살을 먹는 호랑이의 살을 먹는……] "거북의 살을 먹는 들개의 살을 먹는 호랑이"라는 구절은 아르투어 쇼펜하우어의 『의지와 표상으로서의 세계』에서.

[스틸 라이프] 정물화. 아직, 여전히, 고요한, 적막한, 정지한, 탄산 없는, 들끓지 않는, 그럼에도 불구하고, 삶.

[농담] 이제 우리는 어떤 농담을 할까요. 조금 더 하릴없는, 무의미한, 뼈아픈, 그런 농담을.

[정오의 신비한 물체] '정오의 신비한 물체'는 아피찻퐁 위라세타꾼의 영화 제목.

[아무도 어리석은 삶을 원하지 않는다] 누군가 내 귓속에 속삭이고 있다. 중얼거리고 있다. 반복하고 있다. 끊김이 없다. 안 사라진다. 거의 미쳐버릴 듯하다.

[누구의 토끼 뿔] 누구는 나의 친구였다가 나의 적이었다가 나의 반려였다가 나의 아버지였다가 마침내, 처음 보는 사람이었다.

[소문과 장례식] 우리는 모두 볕 좋은 오후에 잘 묻혀 있

다가 소규모 유령이 되어 스쿠터를 타고 달리는 중입니다만.

[악마는 디테일] 유혹을 느끼지 않고 유리 자체를 바라보는 훈련을 했다. 훈련을 했다. 그런데 이봐요, 저 유리를 그냥 부숴버리면 어떨까? 어떨까.

[죠스] '죠스'는 1975년에 나온 스티븐 스필버그의 영화입니다만 '죠스바'는 지금도 마트에서 구입할 수 있다.

[겨울의 높이] 높이에서 길이로 깊이로 폭으로 부피로…… 마침내 석양이 내리는 순간까지.

[아이슬란드에 흥신소] 비요크는 아이슬란드의 일렉트로닉 뮤지션이고 시규어 로스는 아이슬란드의 드림 팝 밴드이고 나는 아무래도 시규어 로스를 더 자주 듣는다.

[우주 공간이 아니라 발자국] 우주 공간이 아니라 발자국……이라고 누가 중얼거렸다. 그게 무슨 말이야?라고 나는 물었다. 대답이 없었다. 영영, 대답이 없었다.

4부
쉿! 잠깐만, 잠깐만, 너는 아직 아무것도 못 들었다니까

[무기여 잘 있거라] 고백의 무한한 대체어들 : 선언, 옹호, 논쟁, 침묵, 외면, 농담, 다정, 동정, 연대, 저주, 냉소, 증오, 드디어, 사랑.

[대관람차] 어느 도시에나 빙빙 돌아가는 것이 있습니다. 저는 여행을 갈 때마다 그것을 탑니다. 가난하고 외롭고 높고 쓸쓸하니……는 백석의 시구.

[적의 위치] 오늘도 다시 밤. 당신은 당신의 방에 혼자 앉아 있고 나는 당신의 등 뒤에 서 있다. 사라지지 않는다.

[해변과 영혼] 파우스트 나귀 가죽 초상화 도리언 그레이의 초상……은 요한 볼프강 폰 괴테와 오노레 드 발자크와 니콜라이 고골과 오스카 와일드의 작품.

[의심하는 마음] 독심술을 하기 때문에 사랑을 할 수 있어요. 그것은 참으로 깊고 아름다운 낙관이 아닙니까. 저기 저 추락하는 비행기와 같이.

[소염제 구입] 염증은 면역반응의 일종이고 환자들은 온

몸이 타오르고 나는 흰색 가운을 입고 당신을 기다립니다. 날카로운 주삿바늘을 등 뒤에 숨긴 채.

[수도승의 숲] 여보세요? 잘 지냈나요? 우리는 수도승의 숲에서 한잔을 하기로 해요.

[뼈의 도서관] 이 시의 제목은 원래 '안나 나나코'였다. 왜 이런 무국적적인 이름이 떠올랐는지는 알 수 없다. 그래도 안나 나나코는 우리 모두의 친구이고 미래이고 사랑입니다. 우리의 의지와는 무관하게.

[반딧불이 전화를] 마침내 전화벨이 울리자, 너는 소스라치게 놀란다. 너는 깊고 먼 곳의 연락을 받은 것이다.

[용서하기는 불가능] 그렇군요. 저도 유리문을 잘 잡아주는 사람이 되겠습니다. 죽음이 우리를 찾아올 때까지.

[불규칙하게 도래하는 것들의 폭설] 고요하게 낙하하여 노인의 일부가 된 눈송이. 노인이 낯선 표정을 지었다. 방금 태어난 사람과 같이.

[방학 숙제] 저는 학교를 졸업한 지 오래 되었는데 아직도 숙제를 하지 못해서 악몽을…… 와, 방학이 벌써 끝

나 버렸어요.

[새로운 공산주의의 새로운 과거] 백 년 후의 공산주의에 대한 상세한 설명은 『완전히 자동화된 화려한 공산주의』(아론 바스타니, 김민수·윤종은 옮김, 황소걸음, 2020)를 참조.

[재즈 싱어] "잠깐만, 잠깐만. 당신들은 아직 아무것도 못 들었다니까." 최초의 유성영화 「재즈 싱어」(1927)에 나온, 영화사 최초의 목소리.